TAKE
SHOBO

# 絶対君主の独占愛

## 仮面に隠された蜜戯


みかづき紅月

*Illustration*
Ciel

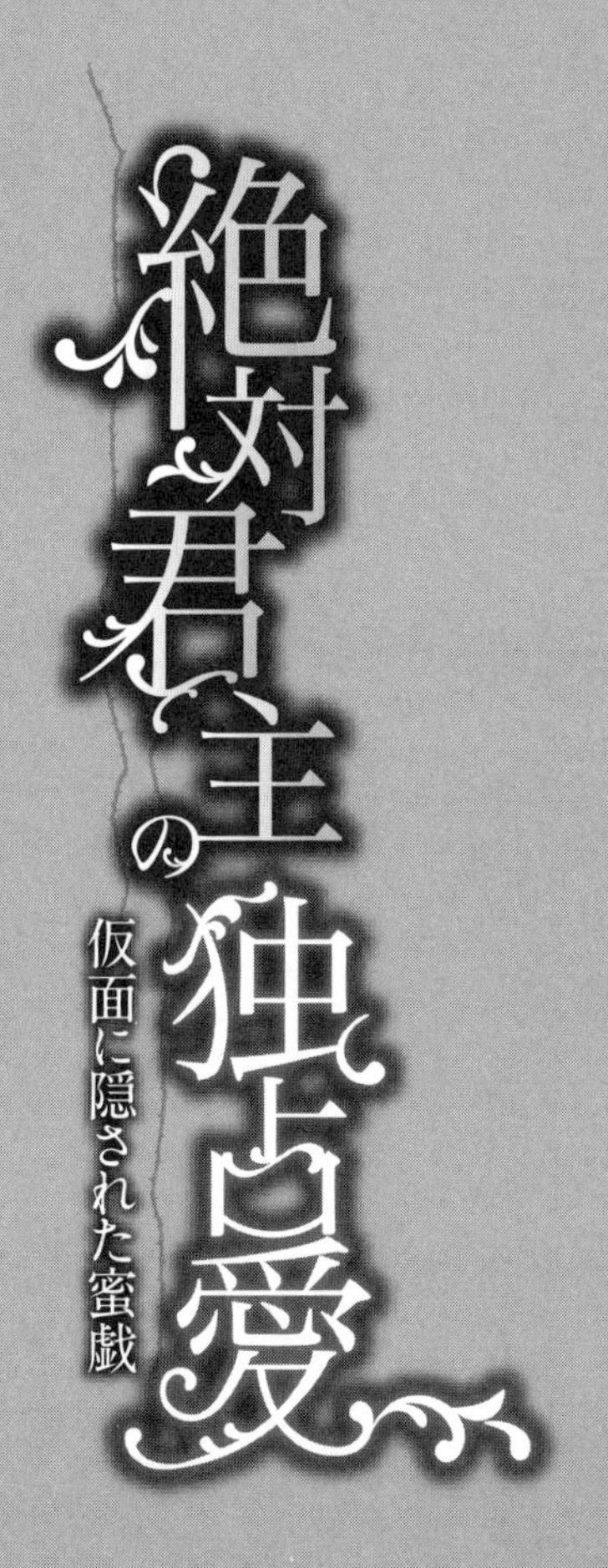
絶対君主の独占愛
仮面に隠された蜜戯

イラスト／Ｃｉｅｌ

# 絶対君主の独占愛　仮面に隠された蜜戯

*contents*

# プロローグ

本当に欲しいものだけは手に入らない。ただし、そのほかの全ては手に入るだろう――

そういう星の下に生まれたのだと宮廷占い師は私のお披露日会の際に告げたらしい。

それは古くからつたわる王家のしきたりで、生まれた子供の将来を占い予言するもの。

ただの古いしきたりに過ぎない。

だけど、その予言を鵜呑みにした信心深い父と母は、私が何かを欲しがるたびにその予言を引き合いに出してきては、「高望みはしてはならない」、「多くのものを手にいれることができることだけでも感謝するように」と、厳しく躾けてきた。

言葉には力がある。それはいわゆる言霊というもの。

いつしか両親のその言葉は呪詛となり、私を苛むようになっていった。気が付けば、いつだって本当に欲しいと願ったものだけ手に入れることができなくなっていた。

代わりに多くのものを手に入れることができるのだから、たった一つくらい我慢すればいいのだと何度も自分に言い聞かせようとした。

だけど、数で質を補うことはけしてできない。幾度となくそれを思い知らされただけに過ぎなかった。

「灯りを消さないで。お願いだから一人にしないでっ！　誰かっ、お願い！」

暗がりの中、毛布を巻き付けた身体を引きずりながらようやくの思いで扉まで辿り着くも、鍵のかけられた扉は無常にも閉じられたまま。

いくら扉を叩き、泣き叫び訴えかけても誰も来てくれない。

熱に浮かされた視界がぐらつき、床に落ちた影が異形のものとなって襲いかかってきて悲鳴をあげる。

それでも辺りはしんと静まり返り、自分一人がこの広いお城に取り残されたかのよう。

水も薬もごはんも――必要なものはすべてベッドのサイドテーブルに用意されている。否、それ以上のものがお見舞いの品として部屋にひしめくように置かれていた。

だけど、今私が本当に欲しいと心の底から願うものだけはない。

「怖いの……誰、か……助けて……お願い……」

鉛のように重い身体。ひっきりなしに襲いかかってくる吐き気。

もうこのまま死んでしまうかもしれない――恐怖のあまり、扉に背を預けたまま震える身体を両手で抱きしめてすすり泣く。

大丈夫だよと抱きしめてくれる人、撫(な)でてくれる人がいたらどんなにかいいか……。

だけど、期待しても無駄、どんなに泣き叫んでも誰も助けにきてはくれない。

母は私が物心ついたときにはすでに亡くなっていたし、父はいつだって厳しく私を突き放していた。

それなのに、どうしても父への期待をいまだに捨てきれない自分が恨めしい。

「我慢……しなくちゃ……私は平気……怖く、ない……強くなくちゃいけないんだもの」

いずれ女王となるからには、いついかなるときであっても強くあらねばならない。

父の教えを思い出しながら、必死に自分へと言い聞かせるが涙は一向に止まらない。

いつもならば我慢できたはずなのに……今回だけはどうしても無理だった。

脳裏には、つい十日ほど前に妹姫のローザが体調を崩したときの光景が蘇(よみがえ)っていた。

彼女のお見舞いに足を運んで、寝ていたから起こしてはならないと、そっと扉を開いたときに初めて知った。父は公務の合間、足しげく妹の部屋へと通っていたということを――

父親に背中を撫でられながら満ち足りた表情で眠りへと落ちていくローザを目にした瞬間、激しい嫉妬に襲われた。今までずっと可愛がってきた彼女への愛情すら潰(つい)えてしまうほどに。

妹には許されて、どうして自分だけには許されないのか⁉

その理由は頭では分かっていた。だけど、納得はできない。

恐ろしいほどの憎しみが燃え上がり、自分でも何をしでかすかわからなくなって逃げるように扉を閉めて立ち去った。

憎悪と嫉妬とに自尊心も何もかもが打ち砕かれ、屈辱と失望に支配された。

生まれてからこれまでの十年間、ずっと欲しがっても得られなかったものをローザは当たり前のように手に入れていた。あんな光景を見せつけられてはたまったものではない。

（国のため、私のためって……そんなのみんな嘘だったんだわ。お父様は私のことが嫌いなだけ……そうに決まってる……私はローザと違って可愛げもないし……あんな風に甘えることだって苦手だもの……）

あまりにも悲しい考えに胸が冷え切って凍りついていく。

認めたくない。認めてなるものかと必死に最後の抵抗を試みるが、もはやどうすることもできなかった。

（多くなんて望まない。望んでなんかいない……ただ望んだものだけ……たった一つだけでも手に入れることができれば……私は……）

残酷な呪いの予言を心の底から恨む。

だけど、どれだけ恨んでも――この呪いからは逃れられないのだろう。

ついにそれを認めてしまった瞬間、心のどこかが音をたてて砕けていくのを感じた。

辺りが怖いほどの静寂に包まれる。

だけど、不思議ともう怖いとは感じない。

ゆっくりと顔をあげてみる。姿見に映る顔は青ざめきっていた。まるで感情を宿さない氷像のようだと、他人事のように思う。

（そう、これでいい。欲しいと願ってしまうから裏切られて傷つくのだもの……）

鏡の中、冷ややかな笑いが口端に浮かぶ。

（もう誰にも何も期待しない……本当に欲しいと願うものだけ手に入れることができないのだとすれば、もう願わなければいいだけ……）

涙を手の甲で拭うと、よろめきながらもその場に立ち上がってベッドへと戻っていった。

水でマフィンと薬を胃に無理やり流し込み、ベッドの中へと潜り込む。

ついさっきまで泣き叫んでいた自分が別人のように思えてならない。

希望はあまりにも残酷で——諦めがこれほどまでに救いになるとは思いもよらなかった。

この日から私は氷の仮面を被ることにした。自分を護るために。

凍り付いた心の底にうごめく切なる渇きから目を背けて。

# 第一章

めいめいに色とりどりの華やかな仮面をつけ、ダンスや会話に興じている紳士淑女たち。

アルケミア国の辺境にあるこぢんまりとした狩猟城、ローシュロスで仮面舞踏会が開かれていた。主催者も招待客も秘密――というミステリアスな集いに皆が浮かれている中、多くの紳士たちに囲まれながらも、凍(い)てつくように冷ややかな表情のまま物憂げにソファに腰掛けている一人の少女がいた。

彼女の耳には紳士たちの愛の囁(ささや)きも届いていないようだった。にこりともせず、相槌(あいづち)もせずにぼうっと遠くを眺めている。

アルケミアに隣接するケルマー国の第一皇女、シシリィ・ゲート・ハフスブルク。いくら仮面をつけようとも、彼女の正体は一目瞭然だった。

緩く巻かれたまばゆいプラチナブロンドに深みを帯びたサファイアの大きな瞳は、仮面一枚では隠せようがない。瞳と同じ色のドレスをまとい、大粒のサファイアがあしらわれた耳飾りと首飾りをつけた彼女は「氷の王女」の異名に相応(ふさわ)しい冷ややかな雰囲気を醸し出していた。

まるで周囲に誰も寄せ付けまいとでもするかのように。

だが、彼女がいくら拒絶しようとも、絶世の美少女として名高い彼女を男たちが放っておくはずもない。

「いつにも増してお美しい。よろしければダンスを一曲お相手願えませんか?」

「間に合っていますわ」

「…………」

「何か飲み物をとってきましょう。一緒にバルコニーで語り合いませんか?」

「お一人でどうぞ」

「…………」

男たちはひっきりなしに言葉をかけては気を引こうとするものの、シシリィはあからさまに気のない返事で次々と情け容赦なく彼らを一刀両断していく。

まだ返事をするのはいいほうで、八割方は聞き流すか無視していた。

それでも男たちは負けじと食い下がり、彼女の機嫌をとるためにあの手この手を尽くし、情熱的に口説き続ける。

そんなシシリィの不愛想極まりない態度に気が気でないのは世話役のトリー・バーグ。

淡い薄紅色のドレスにふっくらとした身体を包んだ彼女は、シシリィとは対照的に暖かな雰囲気を身にまとった女性で、人の良さそうな顔に申し訳なさそうな笑顔を浮かべて懸命に主のフォローに心を砕いている。

「シシリィ様……そんなにあからさまに皆さんを無視されては感じが悪すぎます……もう少し朗らかに……せめて世間話くらいはなさってもよろしいのではありませんか？」

扇を広げて口元を隠してシシリィに耳打ちして窘める。

「そんな退屈極まりない話をするために割く時間なんてないわ。感じが悪い？　わざとそうしているのだから当然でしょう？　愛想笑いなんて誤解とトラブルの火種にしかならないもの。サロンで見聞きする大体の痴情のもつれは曖昧で思わせぶりな態度が原因でしょう？」

「またそんなことばっかり仰って……もう十五にもなったのだから、『嫌なものは嫌』では済まされません。子供のようにわがままではなりません」

トリーは唇を尖らせると、ほとほと困り果てたようにため息をつく。

「十五にもなったのだから、子供のようにいつまでも手に入らないものをずっと欲しがるようなわがままはやめただけよ。誰にも何も期待しないし期待させないのがモットーなの」

「……シシリィ様」

とても十五の少女のものとは思えない冷え切った言葉にトリーはそれ以上何も言えなくなってしまう。もう十年近く世話役を務めているため、何が彼女にそんな振舞いをさせているのか重々承知しているからこそかける言葉が見つからない。

「でも、それだけでは駄目だということも分かってはいるわ。王女としての義務だって忘れてはいないから安心して」

「ならばよいのですが……」

「義務を果たさねばならない時が来たら覚悟を決めるから。それまでは極力心をすり減らしたくないの。厄介ごとはごめんだわ」

「……義務とか厄介ごとだなんてそんな悲しいこと仰らないでください。もしかしたら素敵な出会いだってあるかもしれませんし……」

「例えそうであっても、本当に欲しいものだけは絶対に手に入らないのであれば骨折り損だもの。変に期待したくないの。希望なんて中途半端に持たせないでちょうだい」

　シシリィがきっぱりと言い切ると、トリーはようやく渋々と食い下がるのをやめた。

（トリーには悪いけれど、これが一番いい方法なのだって理解してもらわないと——もう誰かに何かを期待して傷つくのはこりごりだもの……）

　シシリィは胸の内で独りごちる。

　何にも期待せず何も欲しがらずにいよう。心を凍らせておけばいちいち傷つかずに済む。

　もう何も知らない子供じゃないのだから、手に入らないものを欲しがるのはやめただけ。

　実際に期待するのをやめ、全てを諦めてからはそれまでよりずっと気持ちが楽になった。

　まだ子供だった頃、妹姫からうつされた流行病で生死を彷徨った末にようやく辿り着いた結論だった。

誰かに何かを期待することがいかに不毛なことか、それまでも幾度となく思い知らされてきた。そのたびに胸が引き裂かれるような思いに傷つき深く落ち込んだ。

それでもどうしても諦めきることができなくて。期待しては傷つくことを繰り返してきた。宮廷占い師なんかの予言に屈してはなるものかと子供心に必死だったのだ。

そんな愚直だった幼い自分を懐かしくもいとおしく思いながら、シシリィは寂しげな微笑(ほほえ)みを浮かべる。

あの頃の自分に教えてあげられるものならば教えてあげたい。救いは諦めにあるのだと。孤独にあるのだと。

こうして冷徹に振る舞うのも全てはそのためだった。他人を無視することに対する罪悪感がないわけではない。ただ感じやすく脆(もろ)い心を護るためにはそうするしか術はないだけ。

誰とも極力関わらなければ、誰かに何かを期待する機会も減らすことができる。

なのに――なかなか思うようにはいかないのがシシリィの悩みの種だった。

(どうしてここまで無視をしているのに放っておいてくれないのかしら。こんな無愛想な女、可愛くもなんともないはずなのに……お願いだから、これ以上誰も私に構わないで)

シシリィが冷ややかな仮面の下でいたたまれない気持ちを必死に抑えていると、不意に灼(や)けつくように熱い視線を感じた。思わずその方向へと目を運ぶ。

ロマンティックなワルツ曲を奏でる管弦楽団の傍、浮彫が施された白亜の柱に背を預けた青年がいた。

黒いマントに黒い髪、闇に溶け込むような黒ずくめの衣装に身を包み腕を組んでいる。長身の他は目立つような格好でもないのに、なぜか目が引きつけられてしまう。目が合った瞬間、男はニヤリと不敵な笑みを浮かべてみせた。

刹那、シシリィは弾かれたように目を逸らし、扇で顔を覆うと彼の視線を遮った。

（あれは誰？　なぜあんなぶしつけな目で私を見つめてくるの？　しかもあの人を馬鹿にしたような笑い方……侮辱だわ……）

今までに味わったことのない類の苛立ちが胸を焦がす。

彼のまなざしは憧れや尊敬を宿したものではなかった。得体の知れないもっと何か恐ろしいものだった。そうまるで飢えた獣のような——

そう思い至ると同時にシシリィはその愛らしい顔を嫌悪感に歪めた。

「シシリィ様？　どうかなさいました？」

「なんだか気分が悪いわ……もう城に戻りましょう。一応顔は出したことだし、義務は果たしたでしょう？」

「大丈夫ですか？」

「……大丈夫」

心配してくるトリーに頷いてみせるが、謎の焦燥感がシシリィを苛んでいた。

（どうしてこんなに胸がざわめくの？）

自問するが答えは得られない。ただ、このままこの場に留まっては危険だと本能が警鐘を鳴らしている。

一刻も早く立ち去らねば――そう思って、ソファから立ち上がったちょうどそのときだった。

「もう帰ってしまわれるのですか？」

よく通る低い声がした瞬間、シシリィの心臓が強く跳ねた。

確かめずとも、他の誰でもない彼が自分に声をかけてきたのだと直感する。

果たして、その直感は正しかった。

声のしたほうに恐るおそる目を運ぶと、漆黒の衣装に身を包んだ先ほどの男がゆっくりとした足取りで近づいてきていた。

広い肩幅、均整のとれたがっしりとした男らしい身体つきは遠目で見るよりも明らかで、衣装の上からでも鍛え抜かれているのが分かる。

その立派な体躯もさることながら、彼の身にまとう空気感に圧倒されてしまう。

シシリィも一国の王女であり、支配者特有の空気感――圧倒的な存在感とでもいうべきものを身にまとった人間には慣れているはずだった。

しかし、青年はそんなシシリィでさえ無意識のうちに後ずさりしてしまうほどの凄まじく威圧的な空気を身にまとっていた。

特筆すべきは強い力を宿した双眸だった。

遠くからでは気付かなかったが、仮面越しの瞳は燃えさかる炎を宿しているかのような鮮烈な輝きを放っている。

（この私が圧倒されるだなんて……一体この人……何者なの⁉）

咄嗟に身を翻してこの場から逃げ去りたい衝動に駆られる。

だが、そんなまるで彼を恐れているかのような行為は王女としてのプライドが許さない。

シシリィは居住まいを正すと、ツンとした表情で彼をきつく見据え、彼へと片方の手を差し出した。

男は彼女の手を恭しくとると、シルクの手袋に包まれた甲へと唇を重ねる。

その瞬間、シシリィは反射的にびくんっと肩を跳ね上げてしまった。

「――どうかなさいましたか？」

「いいえ、何も……」

「そうですか？　だが、顔が赤いようだが？」

「気のせいか目の錯覚でしょう」

「もっと近くで見せてもらわないと分からない」

「分かっていただかなくても結構です」

務めて突き放すような言葉を敢えて選んで口にするが声が上ずってしまう。なぜか彼の目を正視できない。

シシリィは不快感も露わに眉根を寄せると、彼から自分の手を奪い返そうとした。

だが、男はその手を掴むと、ぐいっと力任せに引っ張った。

「っ⁉」

思いもよらなかった行動をとられ、シシリィはバランスを崩した。

上質な布地をたっぷりと使ったクチュールのドレスをその細身では支えきることができずに、彼の胸の中に飛び込む形となってしまう。

ウッディな香水と男らしい香りとに包み込まれた瞬間、胸が太い鼓動を刻み、顔がカッと熱く火照る。

すぐさま我に返って身体を離そうとしたが、逞しい両腕に力いっぱい抱きすくめられ、動きを阻まれてしまう。

「……無礼な……離しなさいっ」

周囲がざわめき、痛いほどの視線を感じる。

シシリィは必死に力を込めて彼から逃れるべくもがくが、がっしりした腕はより一層きつく抱き締めてくるばかり。

しかも、男はシシリィの抵抗を愉しんでいるかのような笑みすら浮かべ、駄々っ子を宥めるように背中を撫でてくる。

シシリィの取り巻きたちが男を制止しようとするが無駄だった。彼の目にはシシリィただ一人しか映っていないようで、周囲に見向きもしなければ言葉に耳を傾けもしない。

「もっと近くで貴女を見たい——私はそう言っているのですよ」

有無を言わせない強い口調で言うと、青年が顔を近づけてきた。

仮面の上からでも、高い鼻梁、彫りの深い整った甘い顔立ちが見てとれる。

だが、やはりその炎のように燃え上がる赤い瞳に目を奪われてしまう。それはまるで情熱と渇望を封じた宝石を思わせる双眸だった。

その目で見つめられただけで、燃え盛る炎で炙られるかのような錯覚すら覚える。

気がつけば、息が触れ合うほどの近距離で見つめられていた。

「……っ⁉」

息やまばたき、抵抗すら忘れ、シシリィは彼の瞳に見入ってしまう。

男は大胆にもシシリィの仮面に手をかけてきた。

我に返って、慌てて仮面を押さえようとしたシシリィだが時すでに遅し。やすやすと奪われてしまう。

「っ⁉　一体何をっ！」

「このような仮面、気高い貴女の美しさを隠すには役不足——仮面をつけていても誰もが貴女の正体を知っているのだからわざわざ隠す必要もないでしょう？　シシリィ王女」

男は奪ったばかりの仮面を床へと投げ捨てると、両手で顔を覆い隠すシシリィの細い手首を掴んで引き剥がしていった。

そして、屈辱と羞恥に彩られた王女の素顔をじっくりと味わう。

「仮面を……返……しなさ……い。返し……て……」

「私に命令できる人間は誰もいない」

「っ!?」

今まで王女である自分にこんな無礼な口を利いてきた人間は皆無だった。

怒りにも憤りにも似た激しい感情が胸を焦がし、シシリィは苦しそうに顔を歪める。

すべてを諦めるようになって以来、これほどまでに強い感情に衝き動かされることはなかった。凍てつきこわばった心に血潮が通っていくのが分かり恐ろしくなる。

(駄目……うろたえては……落ち着かなければ……)

喘ぐような呼吸を繰り返して、ざわつく心を沈めようと試みる。

その間にも、男は周囲の視線をものともせずに彼女の顔を間近で見つめ続けていた。

シシリィが顔を背けようとしても、その細い顎を掴んで自分のほうへと無理やり向かせては炎の双眸で射抜いてくる。

大勢の人々の前で仮面を奪われ正体を明かされただけでも屈辱の極みなのに、これほどまでにぶしつけに素顔を見つめ続けられるなんて。

シシリィはどこまでも厳しく冷ややかな侮蔑のまなざしで彼を睨み付けた。力でかなわなくとも、気持ちでは負けたくない。その一心で。

「気高く凍てついた氷の目。実にいい目だ――征服したくなる。私の炎で融かしたくなる」

「誰が貴方みたいな無礼な人に征服されるものですか！　この手を離しなさい。不愉快よ」

「不愉快なのは他にも原因があるだろう？　私一人のせいにされるのは心外だ。氷の仮面でいくら覆い隠そうとも魂の渇きからは逃れられない」

「……っ⁉」

今まで誰にも見抜かれなかった本性をいきなり暴かれ、シシリィは愕然とする。

（本当にこの人、何者……なの⁉　なぜそんなこと……知って……）

「――そんなに驚くほどのことでもない。同志は一目見れば分かる。ただそれだけのことだ。もっともそう多くはない人種ではあるだろうが」

「同志ですってっ⁉　貴方みたいな無礼な人と一緒にしないでちょうだい！」

シシリィが思わず声を荒げるが、男は泰然として目を細めるだけ。

彼のそんな余裕めいた態度に苛立ちを募らせながら、シシリィは冷ややかに告げた。

「それで、無理やり人の正体を暴いておいて自分は名乗らないつもり？　卑劣な人ね。手を離しなさい。私は紛い物は嫌いなの」

「同感だ。私も本物にしか興味はない」

そう言い切ると、男は堂々とした態度で自らの仮面を外した。

続いて黒髪のウィッグを毟りとるように外すと、その下から目にも鮮やかな赤い髪が流れるように現れた。

刹那、広間が再びどよめく。

誰の目にも男の正体が明らかになる。

アルケミアの第一皇子、ゼノン・フォルド・マクヴィアス。

燃え盛る炎のように激しい気性とそれを体現したかのような派手な外見から「炎の皇子」と呼ばれている。

シシリィの取り巻きたちも、彼の正体を知るや否や気まずそうに退散していく。

いついかなるときであっても相手が誰であっても、誇り高い獅子のような振舞いの数々は広く知られさまざまな逸話が噂にのぼる。つまりは誰からも一目置かれる存在であり、他人と極力係り合いになるのを避けてきたシシリィの耳にすら彼の噂は届いていた。

しかし、まさかこれほどまでの覇気を備えた人物とは思いもよらなかった。噂などは尾ひれがつくものであり話半分に聴くくらいでちょうどいいと思っていたが、実際に目にしたゼノンは、ただそこにいるだけで人の目を惹きつけてやまない生まれながらの王者というべきカリスマを備えている。

（ただ者ではないとは思っていたけれど、まさかアルケミアの炎の皇子だったなんて……）

傲岸不遜ともとれる威風堂々とした態度にも得心がいく。

ゼノンが長い指で赤い髪を無造作に掻きあげると、驚くシシリィへと鷹揚に笑みかけ、右手を左胸へとあてて恭しく一礼してみせた。

「私の名はゼノン・フォルド・マクヴィアス。以後、お見知りおき願いたい」

「………………」

シシリィは眉根を寄せると、ツンとあさっての方向を睨みつけたまま押し黙る。

「君には紛い物は相応しくない」

ゼノンは皮肉を込めた口調でそう言うと、怖気づいたシシリィの取り巻きたち一人ひとりを睨みつけ、その強い目力で威竦ませていく。

そして、勝ち誇ったような微笑みを浮かべると、シシリィをまっすぐ見つめてきた。

「……ええ、こんな紛い物ばかり集めた場所になんて足を運ばなければよかったわ」

おそらくこの仮面舞踏会の主宰者は彼に違いない。そうでなければ、このような騒ぎを放置しておくはずがない。

それを分かった上で、敢えてシシリィは彼にそう告げた。間接的に彼を批判したのだ。

相手が例え誰であろうとも、自分だけはこんな無礼で強引なやり方はけして認めてなるものかと、持ち前の負けん気を奮い立たせて。

しかし、それが虚勢であることは自分自身が一番よく分かっていた。せいぜいこんな皮肉を込めた言葉を口にするだけで精一杯だ。

冷ややかで勝気な仮面の下では、瞬く間に身も心も征服されてしまいそうな危うい予感に戦慄していた。

しかし、それすら彼の赤い目は見通しているかのようだった。

「確かに君の言うとおり、これは敢えて紛い物ばかりを集めた舞踏会だ。偽りの仮面に偽りの愛の囁き――それを見抜く本・物を捜すためのもの」

「っ⁉」

ゼノンがシシリィのくびれた腰に手をかけて抱き寄せると、きつく引き結ばれた唇を親指でつっとなぞりながら囁いた。

「誇り高く孤高な『氷の王女』ならば、きっと見抜くに違いないと期待していた」

「…………」

いつの間にか彼の誘導尋問にかかってしまった自分に気がつくがもう遅い。

赤い双眸は、すでにすぐそこにまで迫っていた。

逃れなければと思うのに、身体が石化したかのように固まって身動きすらできない。

「本物を確かめてみないか？」

「――っ⁉」

男の色香を滲(にじ)ませた甘い囁きに熱い吐息――キスの予感に我に返ると、シシリィは唇が触れ合う寸前で必死に顔を背けて抵抗した。

「やめ……て……貴方が本物だなんて。認めないわっ！」

唇を噛みしめて毒づくが、それすら彼の耳には小鳥のさえずりのようにしか聞こえていないようだった。

顎を掴まれ、親指で唇を割り開かれ、彼の唇が再び近づいてくる。

「っ！」

シシリィは彼の親指を噛んだ。

しかし、それでもなおゼノンは怯まない。

むしろ、余裕の笑みすら浮かべて悠々と彼女の唇を奪っていった。

「ンッ!? ン……っふ……っ!? っく……う、ぅう」

シシリィはきつく目を瞑ると、首を左右に振りたてて彼の唇から逃れようとする。

誰にも唇を許してこなかったし、今後もずっとそのつもりはなかった。それなのに、このような場で正体を暴かれ、生まれて初めてのキスを奪われてしまうなんて。

耐えがたい屈辱だった。悔しさのあまり目尻に涙が滲む。

硬く結ばれた唇をも割り開かれ、信じられないほど柔らかで滑らかな感触が口中に侵入してきた。それが相手の舌であると気付くのにそう時間はかからなかった。

「ん、っく……う……っ」

このままこの無遠慮な舌を噛んでしまえばいい。

そう頭では分かっていても想像だにしなかったくるおしいほど甘やかな感覚に、シシリィは惑乱されていた。

柔らかな舌先に上下の唇を丹念になぞられたかと思うと、いきなり奥のほうへと舌を力任せに挿入られて息が詰まる。

こんな獰猛で粗野なキスがこの世に存在するなんて知らなかった。

獣が仕留めた獲物をじっくりと嬲りながら味わうかのように、ゼノンは執拗に舌を絡ませては吸いたててくる。

「は、あ……ン、あぁ……」

(駄目……皆に見られて……こんなこと……ありえない……)

頬が炎に焙られたかのように熱い。否、頬だけじゃない。身体の芯、下腹部の奥にも熱が籠もっておかしな心地になる。

怒りのあまり気がどうにかなってしまいそうだった。怒り——のはずだった。なのに、なぜこんなにも恥ずかしい声が洩れ出てしまうのだろう?

必死に我慢しようとしても、自分の意思とは無関係に今まで聞いたこともないような艶めいた声が紡ぎだされてしまう。

(こんな声……いや……私は王女なのに……はしたない……)

プライドを引き裂かれ、羞恥のあまり全身がわななくも、舌同士が絡み合う愉悦には抗うことができない。

息もできないほど熱烈なキスに息が乱れ、息を継ぐために顔を逸らすも、すぐに彼に唇を奪われては猥らな舌づかいで蹂躙され続ける。

頭の芯が融かされていき、もはや何も考えることができなくなる。

恐ろしいほどの愉悦が毒のように体の隅々までを蝕んでいく。

屈辱に美しい顔をしかめたシシリィの意識は、悦楽の彼方へと遠のいていった。

ゼノンは、力を失いぐったりとしなだれかかってきたシシリィのか細い身体を抱きとめると、その絹のような光沢を放つシルバーブロンドに顔を埋めて息を吸い込んだ。
そして、その首筋、陶磁器のような滑らかな肌へと口づけて、まるで所有権を主張するかのような淫らな痕を刻み込んでから彼女の耳元へと囁いた。
「――シシリィ、君は紛れもなく本物だ。私はずっと君のような同志を探していた。見つけ出したからにはどんな手段を使っても君を独占してみせよう」
力なくうなだれたシシリィをいとおしげに見つめていたゼノンだったが、不意に一転して恐ろしく好戦的な笑みを浮かべるとぞっとするような声でこう告げた。

「だから、思うさま私を憎むがいい」

と。

気を失った王女を横抱きにすると、ゼノンは周囲の羨望と嫉妬の入り混じった好奇の視線をものともせず、むしろ誇らしげな様子で大広間を後にしていく。

「っ⁉　し、シシリィ様っ！　ま、待ってください！」

突然の出来事に放心状態だったトリーが我に返ると、慌てて二人の後を追っていった。

# 第二章

屈辱の仮面舞踏会から四年後——

そのたった四年の間にシシリィをとりまく環境はめまぐるしく変化していた。

今、シシリィの姿はケルマー王城のテラスにあった。

後ろには、近隣諸国からの来賓が居並んでいる。

眼下には大勢の国民が、誕生したばかりの若き女王の姿を一目見ようと押し寄せ、ケルマーの百合(ゆり)と剣をかけあわせた国旗をちぎれんばかりに振りながら押し合いへし合いしていた。

シシリィは、襟首の高いロイヤルブルーのドレスを身にまとい、縁取りにファーをあしらった同色のマントを羽織っている。

編み込まれたシルバーブロンドの髪、その頭に輝くのは大きな宝石が潤沢にあしらわれた王冠。つい先ほどの戴冠式で譲り受けたものだった。

手にはケルマーの国旗をモチーフにした大きなサファイアをあしらった王杖。

すでに彼女には、まだ齢(よわい)十九とはとても思えない誇り高い女王の風格が備わっていた。物心ついたときからこの日のために厳しく育てられてきたのだからそれも当然といえよう。

（ただ単に覚悟を決めるときが来ただけ……）

シシリィは自分に言い聞かせるように胸の内で呟くと大きく深呼吸をした。

諦めと覚悟がしんしんと胸の隅々へと拡がっていく。

しかし、まさかこんなにも早く義務を果たすときが訪れるとは思いもよらなかった。

少なくとも四年前の自分には今の状況は想像もつかなかった。

（ローザも義務を果たしたのだから……何も私だけが特別というわけではない。皆それぞれ果たすべき義務を持って生まれてくるだけ）

妹姫は一年前にはるか遠方にあるクリスト国へと嫁いでいた。年が三十も離れた国王の三番目の妻として――

クリスト国は交易の要衝であり、アルケミア最大の貿易相手国でもあった。

まだ社交界にデビューしたばかりだったというのに、先方に見初められて嫁ぐことになったのだ。甘やかされて育てられた彼女にとっては青天の霹靂だったに違いない。

妹姫のことを考えるたびに、ほろ苦い気持ちに駆られる。

自分とは対照的に父王に甘やかされて育てられた彼女を避けていた時期もあったが、今は彼女に同情、憐れみの念すら抱いている。

年齢以上に幼かった妹姫が不釣り合いな大人びたウェディングドレスに身を包んで、あどけない笑顔を浮かべて老王へと嫁いでいった際、かける言葉が見つからなかった。

幾度となく彼女をうらやましく思い嫉妬したものだが、国のために愛してもいない老王の子を身ごもらされ――挙句、実の親の葬送の儀にすら出席させてもらえないなんて。どんなにか辛いことだろう。

シシリィとローザの父、アルケミア国王が急死したのは十日前。

妹にも至急アルケミアへと戻るように使者を送ったが、妊娠中の身であることを理由にクリスト国王から自分一人が葬送の儀に参加するとの返事があった。

葬送の儀が行われたのは三日前。

そして、つい先ほど行われた戴冠式にて、シシリィは父王の後を継いで女王となった。

（……感傷に浸っている暇はないわ。すべきことは山積みなのだから）

シシリィは熱狂に渦巻く観衆を一度見渡してから、片手をあげてみせた。

すると、歓声は徐々におさまっていき、やがて辺り一帯が先ほどの賑やかさがうそのように静まり返る。

それを見計らって、シシリィは毅然と前を見据えるとスピーチを始めた。

「――突然の国王の死去に伴い、皆さまにはさぞかしご心配及びご迷惑をおかけしたことと存じます」

堂々としたいでたち、凛とした透き通った声、朗々とした口調に聴衆は聞き惚れている。

新しい女王の誕生に期待を寄せて。

だが、一方のシシリィの青い瞳は深い憂いに沈み込んでいた。

(結局、皆国王の死なんて他人事なんだわ。確かに……お父様が皆から慕われる良い国王だったとは思わないけれど……)

本来ならばまだ喪に服している時期だが、叔父のメイジス公を始めとする大臣、国務卿、官僚たちが次期女王の即位を急いだのだ。

ただ単にそれだけのことであり、新たな女王の誕生を祝う国民に罪はないと分かってはいても、まるで父王の死を歓迎しているようにも感じられて複雑な気持ちになる。

ここ数年、隣国アルケミアが周辺諸国を次々と占領していき勢力を拡大しており、その脅威を警戒して戴冠式を可能な限り前倒しにしただけ。

頭では理解しているが、どうにも気持ちがついてこない。

アルケミアとは同盟を結んでいることもあり、叔父たちの心配は杞憂のようにも思えるが、それを強く主張できない理由があった。

(今はあの野蛮で無礼な人が国王なのだから、何をしでかすか分かったものではないし)

燃える炎のような赤い髪、自信に満ちた態度、余裕を滲ませた微笑みに強い力と炎を宿した切れ長の目。

思い出すだけで、四年前の仮面舞踏会での恥辱を思い出し、感傷も何もかもが吹き飛び、怒りのあまり動悸がする。

あの直後、アルケミアの国王が急死しゼノンがその跡を継いだのだ。そして、同時にアルケミアは周辺国への侵略を開始した。

統治者が変わるだけでこんなにも世界は変わってしまうのだと、その影響力を末恐ろしく思ったものだ。

だからこそ、女王となったからには常にその自覚を持ち、ケルマーのために尽くさねば。

そんな思いも新たにシシリィはスピーチを続ける。

だが、その一方で、ゼノンに無理やり唇を奪われたときの感覚が鮮烈なほどに蘇り、彼女を悩ませてもいた。

（どうしてこんな大事なときにまで……）

スピーチに集中したいのに心が千々に乱れてしまい、シシリィはゼノンを呪う。

なぜこんなときにまで彼のことをこれほどに思い出してしまうか？

その理由は明らかだった。

アルケミア国王は、先だっておこなわれた戴冠式には姿を見せなかったのだ。

同盟を結ぶ友好国でありながら、何の断りもなく戴冠式を欠席するなんてありえない。それが何を意味しているか、考えるだけで気が気ではない。

彼の挑むような不敵な笑みを思い出しては、得体の知れない不安と苛立ちに襲われる。

（あの人が一体何を考えているかは分からないけれど……ケルマーだけはなんとしてでも護り抜かなくては……あの人の好きになんてさせない）

そう改めて胸の中で誓うと、シシリィは顔をあげ、自らを鼓舞するように声を張り上げて国民へと宣言した。

「私、シシリィ・ゲート・ハフスブルクは亡き父の跡を継ぎ、ケルマーのために一生を尽くし捧げることを誓います。たった今より私はケルマーと結婚致します！」

女王の宣言を耳にするや否や、その場は熱狂的な拍手と歓声の渦に包まれた。

スピーチを無事終えたシシリィは鷹揚な笑みを浮かべて民衆へと手を振ってみせる。

ややあって、シシリィがマントを翻しながら背後を振り返り、各国の来賓たちと握手を交わそうとしたそのときだった。

目に飛び込んできた鮮やかな赤色に、大きく目を見開き、その場に硬直する。

黒を基調とし、赤い縁取りを施した礼服仕様の軍服に目にも鮮やかな緋色のマントを羽織った男性が、来賓たちを代表するかのように列から進み出て彼女を出迎えたのだ。

長めに伸ばした赤い髪――その頭には、アルケミアの国旗を浮き彫りにした精緻な飾りが施された王冠が輝いている。

世にも珍しいルビーの瞳は四年前と変わらず、否、それ以上に強いまなざしを宿している。

アルケミア国王、ゼノン。

シシリィは驚きのあまり、王杖をとり落としてしまいそうになる。

唇を強引に奪われて以来、舞踏会や晩餐会などといった彼と出くわしそうな集まりはことごとくさまざまな理由をつけては避けてきただけあり、彼の姿をこうして間近で見るのは実に四年振りだった。

だが、たった四年の内に人はここまで変わるものなのだろうか？

シシリィはまぶしそうに目を細めて彼を見た。

人目を集める彼のカリスマ的な存在感はさらに磨きがかかっていた。他人の目を捕らえて離さない不思議な磁力が全身から迸り出ているかのようだった。

彫りの深い顔立ちには以前には見られなかった苦悩めいた影が落ちていたが、それすら彼のミステリアスな魅力をより深いものへと高めていた。

確固たる自信を滲ませながらも、落ち着きはらった微笑みは国王の風格。彼の男ぶりをさらに際立たせている。

目の前の立派な国王が、強引に唇を奪ったあの傲岸不遜な青年と同一人物とは思えない。

言葉を失ってその場に棒立ちになったシシリィの前へと歩を進めると、ゼノンは恭しく一礼して言った。

「ケルマー女王陛下、戴冠式には間に合わず大変失礼致しました。馬車が故障し、途中で立ち往生しましてて。大急ぎで参ったのですが――かろうじてスピーチだけは拝聴できて光栄に存じます」

低く伸びやかな声には、成熟した男の色香を滲ませた響きが加わっていて、シシリィの心臓は跳ねる。

だが、彼女は努めて平静を取り繕うと、「――いえ、お忙しいところご足労いただき感謝します」とだけ言って、探るような目つきで彼へと手を差し出した。四年前と同じように。

思い出すまいとするのに、どうしてもあの情熱的なキスを思い出してしまう。

本人を目の前にしているのだから仕方のないことだとは分かっていても悔しい。せめてそれを彼に見抜かれてしまうことだけは避けねばと、冷ややかな表情で彼を見据える。

とにかくこの種の人間には反応してはならない。無視を決め込むのが一番の良策。

四年前のことなど忘れてしまったかのように澄ました表情で手を差し出したシシリィに口端をあげてみせると、ゼノンは彼女の手の甲に唇を重ねてきた。

続いて、頬と頬を重ね合わせるビズーを行う。

が、その時だった。

「四年前と同じように今ここで唇を奪ったら、君はどんな顔をするのだろうな？」

「っ⁉」

不意にとんでもないことを囁かれ、シシリィの白い頬に朱が散らばった。

女王として即位したばかりの身だというのに、あんなにも淫らなキスを国民及び来賓の前で

されたとしたら──

ありえないとは思いつつもつい想像してしまい、熱い吐息をついてしまう。

ゼノンはそんなわずかな彼女の反応にすら気付いていて、獰猛な光を宿した赤い目を不敵に細め彼女を見据えていた。

あのときと同じ、否、それ以上に強く激しい炎をちらつかせた赤い瞳に、シシリィは吸いこまれてしまいそうになる。

彼ならばやりかねない。だが、今度こそそんな屈辱を受けてなるものか。

シシリィは我にかえると王杖を強く握りしめてきつく眉根を寄せ、侮蔑のまなざしで彼を睨みつけた。

だが、ゼノンは肩を竦めてみせるだけでまったく気にしていないようだった。それがシシリィの怒りにより一層火を注ぐ。

(見違えるようだなんて思ったのは大間違い！　中身は変わっていないじゃない。やっぱり失礼な人……もう昔とは立場も何もかもが違うのに。国王となってもあんなことを言ってからかってくるなんて……信じられない。大人げないにも程があるわ)

シシリィが傍で控えていたトリーに厳しい視線を移して目で同意を求めるも、彼女は目を輝かせてしきりに頷いてくる。

(……駄目だわ……全然伝わってない……)

以心伝心の関係には程遠いおっとりとした世話役兼親友を恨めしく思いながら、シシリィは誰にも気づかれないようにため息をついた。

そんな彼女とトリーを眺めながら、ゼノンは笑いを噛(か)み殺している。

（一体何を企(たくら)んでいるの？　馬車が故障だなんて――どうせ嘘なんでしょう⁉）

シシリィが苦虫を噛(か)み潰(つぶ)したような表情で目を吊り上げていると、彼はフッと真顔になり、彼女にだけ聞こえるような小声で「――大事な話がある。また後ほど」と告げてきた。

「……っ⁉」

心臓を鷲掴(わしづか)みにされたかのような感覚に、シシリィは胸を押さえて目を伏せた。

（大事な話って……）

思わせぶりな彼の言葉に鼓動が早鐘となり、身体の隅々にまで響き渡る。

ゼノンは彼女へと流し目をくれると、従者を伴ってテラスを後にしていった。

シシリィはその背中を睨みつけたまま、しばらくその場を動けなかった。

戴冠式から就任挨拶、その後の晩餐会、舞踏会と全ての予定を終えたシシリィは自室へと戻ると、深いため息をついた。

今日一日、否、父を亡くしてからずっと気の張りどおしで心身共にくたびれ果てていた。

それにとどめを刺したのは、他ならぬゼノンとの再会だった。

（……大事な話があるとか言っておきながら……結局、何も言ってこなかったし……ふざけてるわ……）

晩餐会ではすぐ近くの席だったためいくらでも話をする機会はあったはずなのに、始終他愛（たあい）もない世間話のみ。シシリィがああいった類の退屈な会話が死ぬほど嫌いだということを知っていてわざとしていることは、時折彼が見せる意地悪な笑いからして明らかだった。

しかも、舞踏会においては一度もダンスを申し込みにこなかった。

（きっとあれも性質の悪い冗談だったんだわ……大事な話なんてないのにあんな言い方をしておけば人の気を引けるとでも思ってのことかしら……本当に最低最悪な人……人を翻弄して楽しんでいるだけ……）

努めて無視すべきだと分かっていたのに、今日一日というもの、結局は彼の一挙手一投足に翻弄されてしまった自分が恨めしい。

着替えを手伝っていたトリーが、何度も深いため息をつく彼女を心配そうに見て言った。

「シシリィ様、今日は本当にお疲れ様でした。とてもご立派でしたよ。お父様もさぞかし喜ばれていらっしゃるはずです」

「……さあ、どうかしら？　いつも『お前が男だったらよかったのに』が口癖だったし。私などでは力不足だって思ってるんじゃないかしら」

「またそんなことをおっしゃるんだから。いつだってお父様はシシリィ様に期待されていましたよ。『必ず立派な女王になる』って皆さんに自慢していらっしゃいましたし」

（……その重すぎる期待に……どれだけ苦しめられてきたことか……）

シシリィは冷笑を浮かべると王冠を外してドレッサーへと置き、じっと見つめた。

ついこの間までこの王冠を身につけていたのは父だったはずなのに——今は自分の頭にあるということが不思議に思えて仕方がない。

（あんな人……大嫌いだったはずなのに……）

胸に穴が空いたような空虚な感覚に囚われそうになり、慌てて首を小さく左右に振る。

だが、死の直前の父の言葉がどうしても頭からこびりついて離れない。

体調を崩した父の代わりに廷臣たちからもろもろの報告を受け、それをまとめた書類と薬を届けに寝室を訪れたときのことだった。

淡々と用事だけ済ませて退出しようとしたシシリィの背に彼はこう告げたのだ。

「おまえの母が存命であれば、私がおまえの母を忘れることができてさえいれば、おまえに重荷を背負わせることもなかったものを——」と。

その言葉を耳にした瞬間、雷に打たれたような衝撃が全身を走り抜けた。

耳を疑った。これは本当に父の言葉なのかと。

きっと病気のせいで気弱になっているだけに違いない。

だとしても、人は思いもよらない言葉を口にすることはけしてできないはず。

父に対して今まで抱いてきたさまざまな感情が弾けんばかりに肥大しもつれ合って、何か言わねばと口を開くが、頭が真っ白になって何の言葉も出てこなかった。

長い沈黙と混乱の後に残されたのはむなしさだけだった。

なぜ、今さら——全てを諦めきる前であればどんなによかったか。

かつて死ぬほど欲していたものも、そのときに手にいれるのでなければ意味がない。執着が消え失せた後でようやく手に入れることができたところでかえって辛いだけ。

結局、何も答えを返せず後ろを振り向くことすらできずに寝室を退室した。

そして、それが生前の父との最後のやりとりとなったのだった。

翌日、父の容体が急変した報せを受け急いで寝室を再び訪れたときには、すでに父は帰らぬ人となっていた。

力なくベッドに横たわる父の顔を茫然自失となって見つめる中、覚えているのは見舞いの花束のむせ返るような甘い香りだけ——

（あの夜、もう少し話をしていれば……何か変わったのかもしれない……）

やり場のない憤りとむなしさをもてあましながら、シシリィは後悔し胸の内で独りごちる。

しかし、物心ついたときからずっと恨んできた父王とそう簡単に和解できたとまではさすがに思えない。

幼いころから何度愛されることを期待しては傷つけられ憎んできたことか。挙句、憎むことにすら疲れ、憎しみは諦めへと変わった。

父の死によって、ようやくその負の呪縛から逃れられると安堵すらしたはずなのに。

どういうわけか視界が涙で滲む。

(最後の最後にあんな言葉を遺して逝くなんて……ずるいわ……)

自他共に厳しすぎるほど厳しかった父王が最後に見せた人間らしい脆さに、こんなにも動揺してしまう自分が悔しい。

憎んで憎んで、憎み続けたまま別れることができたらよかったのにとすら思ってしまう。

「とりあえず、今熱いお湯を用意させますので湯浴みをしてからゆっくりお休みください」

「ありがとう、トリー。そうしたいところだけど、このまま湯浴みをすれば高い確率で溺れてしまいそうよ」

「では、どうぞこのままお休みくださいませ。湯浴みは明日の朝にいたしましょう」

「ええ、おねがい」

トリーはシシリィをその場へと立たせると、手慣れた手つきで彼女のドレスを脱がし、繊細なレースをたっぷりとあしらった優美なネグリジェ一枚へと着替えさせた。

次に彼女をドレッサーの前に座らせると、シルバーブロンドの編み込みを解いて櫛で梳いていく。

「ゆっくり休んでくださいね。国王様がお亡くなりになってから、あまり眠れていらっしゃらないようでしたし。無理もありませんが……」

「やらねばならないことがあまりにも多すぎただけよ。仕方がないわ。でも、とりあえずはひと段落ついたことだしもう大丈夫」

強がりともとれる主の台詞にトリーは苦笑する。

やがて、シシリィの寝支度を整え終えると、トリーは彼女にビズーをして退出した。

シシリィはふかふかのベッドに身体を沈めて大きく伸びをした。一日中コルセットにきつく締め付けられていた身体が解放感に打ち震える。

これだけ疲れているのだからきっとすぐに寝つけるにちがいない。そう思うのに、心が千々に乱れてなかなか寝付けない。

閉じられた瞼の裏によぎるのは父の安らかな死に顔だった。いつも気難しそうに眉間に深く刻み込まれていた深い皺は不思議なほど目立たなくなっていた。

後妻を娶らなかった父。それほどまでに深く愛した母と天国で再会できただろうか？　長い苦しみから解き放たれたのだろうか？

そんな考えが頭をよぎり、閉じられた目から一筋の涙がこめかみのほうへと静かに伝わり落ちていった。

と、そのときだった。

ドアが開く音がして、何者かが部屋の中へと入ってくる気配がした。

きっとトリーだろう。何か伝えそびれたことでもあったのだろうか？　それか忘れ物でもしたのかもしれない。わざわざノックをしなかったのは眠りの邪魔にならないようにとの配慮によるものだろう。

そんなことを思いながらシシリィは薄く目を開いた。

刹那、顔を覗き込んでいた人物と目が合い、気が動転する。

「――っ⁉　なっ⁉」

いつの間にこんなに近くに⁉　しかもトリーではない。もっと肩幅が広く逞しい誰か。

悲鳴をあげようとしたシシリィだが、大きな掌に口を塞がれてしまう。

「静かに」

「んーっ⁉　んんんっ！　んーっ！」

シシリィはくぐもった声を洩らしながらのたうつが、男の身体がのしかかってきて思うように身動きがとれない。

それでも諦めずに必死に暴れるだけ暴れるが、キングサイズのベッドが軋んだ音をたてるだけ。男の力は強く、その逞しい身体はどれだけ抵抗してもびくともしない。

「シシリィ、私だ。静かに。大人しくしなさい」

聞き覚えのある声に叱られて、ようやくシシリィは全身の力を抜いてぐったりする。

胸が激しく上下して、乱れきった呼吸が夜の静けさを破る。

シシリィが抵抗をやめると、ようやく男は彼女の口から手を離した。

「まったく、君は相変わらず気が強いな。人攫（ひとさら）いか何かと勘違いしたのだろうが、怪しい者ではない」

「…………」

夜中に女王の寝室へと忍び込んできておきながら、どの口がそんなことを言うのだとシシリィは呆（あき）れるあまり言葉を失う。

果たして、侵入者の正体はゼノンだった。

ドレープを描いたカーテンの隙間から差し込む冴（さ）え冴（ざ）えとした月明かりに照らされた彼の整った顔は深い陰影を帯びてまるで彫像のように見える。

「……どうして貴方が……こんなところへ……」

「大事な話があると言っただろう？」

悪びれない顔で答えるゼノンにシシリィは声を荒げた。

「そんなの……話す機会ならいくらでも他にあったでしょうっ!?　それをこんな時間に……非常識な……」

「男女の逢瀬（おうせ）では、こんな時間だからこそという考え方のほうが主流だと思うが？　まだ初心（うぶ）

な君にはその意味すら分からないかもしれないが」

「っ⁉　馬鹿にしないでっ！　今すぐ出ていきなさい！　でなければ人を呼びます！」

「待ちなさい――君の大事な世話役を罪に問いたいのか？」

「どうしてトリーが⁉　一体何を言って……」

「私をここへと通してくれたのは彼女だ」

「…………」

シシリィは渋い表情で目を閉じると、トリーのおっとりとした笑顔を思い浮かべながら恨めしく思う。

（もしかしたらとは思っていたけれど……やっぱりトリーは盛大な誤解をしたままだったんだわ。こんなことになるくらいなら、なんとしてでもその思い違いを正しておくべきだった……）

後悔するが、いまさらどうすることもできない。

彼女の話によれば、仮面舞踏会で気絶した際にゼノンが見せた態度は理想の紳士そのものだったとか……。

すぐさま城の客用寝室へとシシリィを運び、皇子自ら献身的に介抱にいそしむ姿がどうやら彼女の心をがっちりと掴んだらしい。

そのため、シシリィとは対照的に、ゼノンに対するトリーの評価はすこぶる高い。

紳士はそもそも人前であんな無礼を働いたりしない——そう何度も訴えたが、どうやら彼女にはまったく通じていなかったようだ。

しかし、それでもさすがに一言の相談もなく寝室にまで彼を通してしまうとは思いもよらなかった。

愛だの恋だのといった概念は人を盲目にするものだが、トリーほど極端な女性も珍しい。

シシリィは深いため息を一つつくと、極力冷ややかな態度で突き放すような口調で言った。

「わかりました。もうこの話はやめにしましょう。人間不信に陥ってしまいそうだから」

「もうすでに陥っているだろう？」

「……っ⁉」

相変わらず人の心を見透かしたような彼の鋭い言葉にシシリィは身をこわばらせる。

「貴方には関係のない話よ。それで大事な話とは何ですか？　五分なら話を聞きましょう」

動揺を押し隠して、敢えて刺々（とげとげ）しく詰問するように尋ねた。

すると、ゼノンは彼女のサファイアの瞳の奥をじっと覗き込むように見つめて、暖かな口調でこう答えた。

「——まだ辛いだろう。無理はしなくていい。そう伝えにきた」

「っ⁉」

想像だにしなかった優しい言葉をかけられて、シシリィは耳を疑う。

ゼノンは、茫然自失となった彼女の頭に大きな手をのせると、ゆっくり撫でてくる。

咄嗟にシシリィはその手を振り払おうとしたが、全身が大げさなほど震え始めてそれを堪えようとするだけで精一杯だった。

(辛い？　無理をしていた？　この人は一体誰のことを言っているの⁉　まさかこの私が⁉　ありえないっ！)

一方的な決め付けに怒りが込み上げてきて一瞬頭の中が真っ白になる。

この震えは怒りのせいに決まっている。それ以上でもそれ以下でもない。

そう自分に強く言い聞かせようとするが、胸がざわめき震えが止まらなくなる。

そんな彼女をゼノンが強く抱き締めてきた。

「身内の死とは向き合うべきではない。全力で逃げなさい」

「逃げる⁉　誰が⁉　勝手に決めつけないでっ！　大嫌いな人の死をどうして悼まなくてはならないわけ⁉　何も知らないくせに！　柄にもなく偽善ぶるのはよしてちょうだい！」

つい我を忘れて声を荒げてしまう。あまりにも久し振りすぎる感情の昂ぶりに、一瞬眩暈すら覚える。

シシリィはゼノンの腕の中で身を捩ると、全力で彼から逃れようとする。

しかし、ゼノンは彼女を逃そうとしない。きつく抱き締めたまま言葉を続けた。

「紛い物は嫌いなのだろう？　ならば、なおさら無理をしてまで紛い物になる必要はない」

「誰が紛い物ですって⁉　無礼な！」

自分に対してこんな失礼な言葉をきく人間は彼の他には皆無。これほど感情が揺すぶられてしまうのもきっとそのせいに違いない。

まるで他の可能性から目を逸らすかのように、シシリィは自身へと強く言い聞かせて声を震わせる。

「本当は君も分かっているのだろう？　自分が偽りの仮面をかぶっていると。そうでなければ、『氷の王女』の異名を持っていた君がこれほどまでに激昂するのはなぜだ？　人は真実を暴かれたときに憤るもの」

「貴方があまりにも無礼だからでしょう⁉　アルケミア国王が聞いてあきれるわ！　変わったのは外見だけじゃない！　中身は何も変わっていないのね！」

「それは褒め言葉と取っておこう。いくら年を経ようとも魂はそう変わりはしない。簡単に変わる程度のものであれば、それは本物ではないということだ」

意味深な台詞を口にすると、ゼノンはシシリィの顔を間近で見つめ、前よりもいっそう強い輝きを宿した赤い目を眇めて言った。

「私が偽りの女王の仮面を外してあげよう。あの時と同じように」

「――嫌っ！　誰が貴方なんかに……」

語気鋭く罵声を浴びせようとする唇をゼノンの唇が塞いできた。

「ンッ!? ンンン……っく……う、ン……」

シシリィは必死に顔を背けようと試みる。

だが、例の仮面舞踏会の時と同じように顎を掴まれ、力ずくで唇を奪われてしまう。

舌が雄々しく侵入したかと思うと、口中をいやらしく掻き回してきた。柔らかな舌同士が触れ合い絡み合うだけで淫らな感覚が恐ろしい勢いで肥大していく。

ことあるごとに幾度となく思い出してきた濃厚で獰猛なキス——まさかもう一度味わわせられることになるとは思いもよらなかった。

(こんな……口封じをしてくるなんて……ずるすぎるわ……)

さまざまな感情が濁流となって頭の中を掻き回してくる。思考回路が麻痺し、まともにものを考えられなくなる。血潮が沸き立つような深い口付けに酔わされてしまう。

どのくらいそうしていただろう。

唇が痺れきって息も絶え絶えになった頃になってようやくゼノンは彼女の唇を解放した。

二人の唇を唾液のアーチが結び、闇の中へとあえなく消えていくのをぼんやりと眺めながらシシリィは乱れきった息を弾ませる。

「——思い出したか？」

「……………」

「私は君の唇を忘れた日は一日たりとてない。いつも思い出してはもう一度味わう日を心待ちにしていた」

　真摯なまなざしで打ち明けられ、シシリィの胸は熱く震える。

　まるで告白のようにひたむきで情熱的な言葉だが、夢見る少女でもあるまいし。鵜呑みにするわけにはいかない。

　シシリィは乱れた息を整えながら、朦朧となった意識を奮い立たせて毒づいた。

「はぁはぁ……く、う……二度までも……こんな真似。絶対に赦さない……」

　口端から伝わり落ちていく唾液を拭う力すらもはや残されていなかった。

　ぐったりと四肢を投げ出したまま、彼をきつく睨みつけ毒づくことしかできない。

「赦してもらわなくともいい。せいぜい私を憎むがいい」

　どこかで聞いたような懐かしい響きを持つ言葉がシシリィに揺すぶりをかけてくる。

「貴方……一体何が狙いなの!?　なぜ、こんな……真似を……」

「…………」

　シシリィの質問には答えず、ゼノンは彼女のネグリジェ越しに膨らみの先端に口づけた。

　刹那、甘やかな愉悦が走り抜けていき、シシリィは声を詰まらせ身震いする。

　薄いシルクの布地に浮かび上がった突起を彼の舌が弾いたかと思うと、不意に強く吸いたててきた。

「あっ!?　い、や……何を……あぁ……っく、う……うぅ……やめ……なさい……」

「そんなに色っぽい声で言われたらますます苛めたくなってしまう」

ゼノンは熱いため息を放つと、布地越しに強く乳首を吸いたてながら舌先を小刻みに動かし始めた。

甘い感覚が次から次へと爆ぜ、シシリィはベッドの上でしどけなく身悶える。

「いい反応だ。誰に教わった？」

「っ⁉　貴方以外にこんな無礼を働く人なんているはずがないでしょう！　侮辱だわっ！」

「そうか。まあ、君は誇り高い女性だ。こんな侮辱を他の男共に赦すような人間ではないと信じていた」

「分かっているのなら……なぜ……」

「君はつくづく苛め甲斐があるからな」

「……っ⁉」

どこまでも好戦的な彼の姿勢にシシリィは言葉を失う。

まるで憎めと言わんばかりの口調も気になる。気がつかないうちに彼の憎しみを買うようなことをしてしまったのだろうか？

自問するが答えは得られず、身に覚えもない。

困惑する彼女を愉しげに眺めながら、ゼノンは言った。

「怯えずともいい。今はキスだけしかしない。四年前と同じように――」

「誰が怯えているですって⁉　ここの城の主は私であって貴方ではないわ！　勘違いしないでちょうだい！　貴方を牢にいれる権利は私にあるのよ」

「そうか。勇敢な女王様だ。ならば、こちらも遠慮はいらないな」

くすりと笑うと、ゼノンは彼女のネグリジェの肩紐を外し、柔らかな丘へと張り付いた布地を剥いでいった。

淡く色づいた乳首が露わになり、シシリィは慌てて胸を両手で蔽い隠す。

しかし、抵抗むなしくその手を胸から剥がされ、白い胸元が晒された。

「美しい。私だけのものにしておきたくなる」

低い声を震わせるように言うと、ゼノンは肩章を外し、それをロープ代わりにしてシシリィの両手首を縛りあげる。

自由を奪われた瞬間、シシリィの胸に不可解な興奮が沸き立った。

（今の……何？　こんな侮辱を受けているのに……どうして……）

動揺する彼女の表情を満足そうに眺めると、彼は言った。

「囚われの女王となった気分はどうだ？　私の見立てが正しければ、君はこういった類の行為が嫌いではないはずだ」

「――っ⁉」

まるで胸の内を見透かされたかのような彼の発言にシシリィは息を呑む。

しかし、それは同時にひどい侮辱の言葉でもあって、けして認めるわけにはいかない。

縛めを解くべく両手に力を込めながら、サファイアの目を吊り上げて咎めるような視線で彼を非難する。

だが、彼女の取り巻きとは違ってゼノンにはまるで通用しない。

「抵抗しても無駄だ。もはやこうなってしまえば、君は私のされるがまま——何をされても抗えない」

歌うような口調で言うと、ゼノンはゆっくりとした手つきで彼女のネグリジェをさらに剥いでいった。

下着に包まれたほっそりとした白い裸身が夜の暗がりにぼんやりと浮かび上がる。

「っ⁉ っく……う……」

きつく唇を噛みしめたシシリィの唇から屈辱の呻き声が洩れ出た。

目元と頬を上気させた美貌が歪む様を堪能しながら、ゼノンは丁重な手つきで彼女を一糸まとわぬ姿にしていく。

ネグリジェのみならず、恥ずべきところを隠した下着まで躊躇なく剥いてしまう。

シシリィは足をきつく閉じると、あさっての方向を睨みつけて努めて彼の視線を意識しないようにする。

にもかかわらず、無意識のうちに肌は粟立ち、喘ぐような呼吸を抑えることができない。

「これでいい。ドレスも下着も君には必要ない——これほどまでの美しさを隠す必要などどこにもないのだから」

　ゼノンは彼女の身体の隅々にまでキスの雨を降らしながら熱いため息混じりの声で呟く。

　熱っぽい息と柔らかな感触を肌に感じるたびに、シシリィの身体はピクンと甘く痙攣して、可憐な唇からは掠れた声が紡ぎ出される。

「では、君のすべてを見せてもらうとしよう。私が本当の君を暴いてみせる。『国と結婚する』なんて言葉は断じて認めない。潔癖な女王の仮面など剝ぎ取ってあげよう」

「どう……して……」

「——君が女王の器ではないからだ」

「……っ⁉」

　辛辣な言葉がシシリィの胸を深々と突き刺した。

　憎しみに燃えあがる彼女の双眸を見据えながら、ゼノンはきつく閉じられた彼女の足をこじ開けにかかる。

「いやよっ！　やめなさいっ！　これ以上の狼藉は赦しません！」

　彼が自分にしようとしていることに気付いたシシリィは、我を忘れて唯一自由になる足をがむしゃらに暴れさせて彼を蹴りあげようとする。

　しかし、決死の抵抗も、両足を掴まれてあえなく封じられてしまう。

「ならば、大声で助けを呼び近衛騎士たちに痴態を晒して、私と君の世話役を牢に入れればいいだろう？」

足の動きを封じられてもなおも必死に腰を浮かして抗う女王を嘲笑うように言うと、ゼノンは両手に力を込め、情け容赦なく彼女の両足をこじ開けた。

ついに誰にも見られたことのない秘密の場所が晒されてしまう。

「っ⁉　い、や！　駄目っ！　やめてっ！　見ないでっ！」

悲鳴じみた声が女王の寝室へと響いた。

（ウソよ……こんな……ありえな……い……悪夢だわ。そうに決まってる……）

とても正気ではいられないほどの強烈な羞恥に襲われ、シシリィは残る力のすべてをもって彼の腕から逃れようと暴れる。

だが、男の力にかなうはずもない。

どれだけ抵抗しても、足はM字に開かれたまま、恥ずかしい場所に痛いほどの視線を感じて恥辱に呻く。

（この人は……どれだけ私を愚弄すれば気が済むの⁉）

悔しさと情けなさに打ちひしがれながらも、今にも折れてしまいそうな心を奮い立たせて彼に一矢でも報いる機会を窺う。

これ以上は絶対に赦してはならない。自由を謳歌する種の男女ならまだしも、互いに国を背負った身、一線を越えてしまえば取り返しのつかないことになる。

とはいえ、彼の言うように助けを呼んで事を荒立てて、昔から実の姉のように面倒を見てくれたトリーを窮地に追いやるわけにはいかない。

（一体どうすれば……）

シシリィが激しい葛藤に苛まれている最中にも、ゼノンは責めの手を緩めない。

嗜虐を滲ませた表情で彼女を見下ろすと、まるで見せつけるかのように自身の中指を舐めてみせる。

獲物を前にして爪を研ぐ猛獣のような彼の様子にシシリィは身を強張らせる。

その次の瞬間、鋭い痛みが秘所に走り、思わず悲鳴をあげてしまう。

「いい子だから静かにしていなさい――」

「ンっ⁉　ンンンッ……く……う、ぅうう」

間一髪彼の手で口を塞がれたため、かろうじて悲鳴は外には聞こえなかったに違いない。

しかし、悲鳴をあげるような行為をしてきた張本人から子供を窘めるような口調で注意を受けるいわれはない。シシリィは痛みを堪えながら、ゼノンを刺すような目で非難する。

ゼノンの中指がいまだ誰も侵入したことのない狭隘な場所を貫いていた。

それだけではない。彼は、手首を捻るようにして、すでに蜜に濡れそぼつ姫穴の感触を確かめるように指を動かしてくる。

「んっ！　は、あ、あ、あ、あぁ……い、やぁ……い、っ⁉　つ……う、う、あぁ」

硬いものが身体の奥で蠢（うごめ）く感触にぞくりとする。

指が膣内でくねるたびに、卑猥（ひわい）な響きを持つ湿った音が股間から洩（も）れ出（で）てきて、シシリィの羞恥をさらに煽（あお）りたてる。

あの淫らなキスだけでも恥辱の極みだと思っていたのに。それをさらに上回る行為に生きた心地がしない。

（……こんないやらしいこと……お互いよく知りもしない同士で。ありえない……）

あまりにも背徳的な行為に罪悪感が胸を焦がす。

「っく、う、う、あぁ……」

愛らしい表情を歪めて執拗（しつよう）な指責めから逃れようと懸命に腰を動かすも、逃れることはかなわない。むしろ、そうすればするほど、彼の指の動きはより大胆さを増していく。

愛液を外に掻（か）きだされるたびに、恥ずかしい声が喉奥から突き上げてくるのをどうしても抑えきることができない。

両手で口を押さえたくとも、肩章で縛（いまし）められているためそれすら叶（かな）わない。

「あっ……っは……や、め……ン……ん、っく……」

シシリィは肉付きの薄い腹部と内腿とを小刻みに痙攣させ、喘ぎ声をころしながらベッドの上でしどけなく身悶える。

まさか自分がたった一本の指でこんなにも乱れてしまうなんて思いもよらなかった。

ゼノンの指は優雅かつ雄々しい動きでシシリィの心身を支配していく。

「だいぶ気持ちよくなってきただろう？」

「っ⁉　誰……がっ！」

「素直じゃないな。こんなにもはしたない音をたてて、淫らな声をあげておきながら――しらじらしい」

「……あぁっ！　お、音……やめ……な……さい！　あ、あ、あぁ！」

嗜虐めいた笑みを浮かべたゼノンが、徐々にぐちゅぐちゅという淫猥な水音を加速させていき、シシリィの羞恥を煽りたてていく。

（あぁ、女王に即位した早々、こんな辱めを受けるなんて……しかもよりにもよってこんな人の手で……）

この行為の行きつく先を想像するだけで、シシリィは絶望的な心地に駆られる。

それは国を背負う者同士がおいそれとおこなうべき行為ではない。しかるべき相手としかるべき手順を踏んだうえで初めて許される行為のはず。

いかなる理由があったとしても全力で拒まねばならない――そう頭では分かっているにもかかわらず、唇からは悩ましく艶めいた声が洩れ出るばかりで……。

自身のふしだらな反応と潔癖な意志との差異に苛まれる。

「まだ狭くて堅いが――すぐに解れる」

　ゼノンは彼女の中で指を鉤状に曲げたかと思うと、肉壁を抉って愛液を掻き出すようなピストン運動を始めた。

「ひっ⁉　あ！　な、何……そ、れ……や……あ、あ、あぁっ⁉　洩れ……ン、ンン！」

　腹部側の壁を力任せに抉られるたびに、シシリィは尿意にも似た強い感覚を覚えて、引き攣れた嬌声をあげてしまう。

　すると、ゼノンはいっそう熱を込めて指を振動させながらがむしゃらな抽送を始めた。

「っきゃあぁっ！　や……ン！　あ、あ、いやぁあ、いやぁああ！」

　シシリィには、もはや一分の余裕すら残されていなかった。

　狂おしいほどの快感に全身を淫らに波打たせ、首を狂ったように振りたてて身悶える。

「あ、あぁああっ！　や、め……なさい。な、何をして……るのっ！　あぁあ、駄目。それ以上はもう……」

　興奮は加速度的に高まっていき、やがて全身の血が頭へと集まるような感覚と共に昂りが最高潮を迎えた。

　シシリィは激しく首を左右に倒しながら絶頂へと昇りつめる。

　刹那、腹部の奥で快感の渦が弾け、大量のいやらしい蜜が外へと飛び出てきてしまう。

　続いて、四肢を突っ張らせた状態で目を大きく見開いたシシリィへと襲いかかってきたのは、途方もない解放感と罪悪感だった。

ぐったりと心身を弛緩させると、眉根を寄せて目を伏せる。

「――達したようだな」

ゼノンが秘所から指を引き抜くと、さらに多くの愛液が外へと溢れ出てきた。

括約筋に力を込めてとどめようとしたシシリィだが、その努力は無駄だった。

まだ子供だった頃、粗相をしてしまったときのことを思い出してうなだれる。もう子供じゃないのに……。一体自分の身に何が起こっているのかすら分からない。

達したばかりの身体を小刻みに震わせる彼女の蕩けた表情を見つめながら、ゼノンは濡れた中指を見せつけてきた。

のみならず、喘ぐように動く唇の中へとその中指を差し入れていく。

シシリィは、自分を凌辱した彼の指に歯を立てようとするも力が入らない。

甘酸っぱい味が広がり、せつない香りが鼻をつく。

ゼノンは、中指をくねらせては彼女の口の中を舌もろとも掻き回し、含みを持たせた笑みを浮かべてみせた。

「やはり『氷の女王』の表情よりも今のほうがずっと魅力的だ。仮面など要らない」

「……っ」

今の自分がどんな表情をしているかまでは分からないが、覆い隠してしまいたい衝動に駆られる。

しかし、両手を縛られていてはそれもかなわず、シシリィは苦しげに顔を歪めながら唯一自由を取り戻した唇で彼へと一矢報いようと口を開いた。

「……ずるいわ。こんなことまでするなんて。キスだけだって言ったのに……嘘つき……」

罵りの代わりに弱々しい言葉しか出てこない。

つい先ほど気をやってしまったのと同時にどうやら緊張の糸も切れてしまったようだ。

女王らしく振る舞わねばと必死に気を張り続けていた反動か、普段けして口にしないような言葉が唇から零れ出てきてしまう。

まるで幼い少女のような態度に自己嫌悪に駆られる。

「それはもっと激しいキスが欲しいという催促か？」

「っ⁉　誰もそんなこと言って……私は貴方がとんでもない嘘つきだって言っているの」

「嘘などついていない。今日のところはキスだけだと決めている。本当は君の全てを今すぐにでも征服してしまいたいが、今はまだその時ではない」

そう言うと、ゼノンは彼女の腰を抱え込み、その端正な顔を秘所へと近づけていった。

「っな、何を……し、て……」

（う、うそ……まさかそんなところ⁉）

信じがたい恐ろしい予感にシシリィは総毛立つ。

「駄目よっ⁉　やめてっ！　いやっ！　見ないで！」

彼が今からしようとしていることを察して青ざめると、激しく腰を揺らして彼の魔手から逃れようとする。

だが、しっかりと抱え込まれているため、浮かせた腰が悩ましい動きで上下左右にいやらしくくねるだけ。逃げるどころか雄を誘うような恥ずべき動きにしかならない。

ゼノンはシシリィの懸命な抵抗を愉しみながら、足の付け根へと顔を近づけた。

そして、じっくりと間近で女の秘密を堪能する。

「ああ、たくさんいやらしい涎を流して可愛らしくひくついている。君のここは主とは違って素直なのだな。自分が何が欲しいか、きちんと分かっているようだ」

「っ⁉　な、何も……欲しく……なん……か……」

侮蔑の言葉とまなざしに抗おうとするシシリィだが、想像を絶する羞恥に頭の中が真っ白になってそれ以上言葉が続かない。

誰にも見られたことのない場所。自分ですら見たことがない秘密の場所。

そんな恥ずかしいところまでも彼に見られてしまうなんて……。

あまりもの恥辱を堪えようと唇をきつく噛みしめるが、唇はわななき嗚咽が洩れ出てきそうになる。

「おいしそうだ――」

欲望が滲んだ低い声を耳にした瞬間、下腹部が収斂して濡れた花弁が震えてしまう。

熱い吐息が湿った叢へとかかったかと思うと、信じられないほど滑らかな感触が花弁へと触れてきた。

「やっ⁉　そんな、とこ、いや、き、汚いのに！　いやぁ！」

さらなる恥辱にシシリィは半狂乱になって腰を暴れさせる。

しかし、ゼノンは頭をゆっくりとスライドさせながら唇で媚肉を愛撫して蜜を味わう。

まさかこんな淫らなキスがこの世に存在するなんて。

シシリィは戦慄を覚えながら、愉悦の奈落へと落ちていく。

「汚くなどない――とてもおいしい」

「う、あ、あぁっ！　っく……う、嘘、つき……」

「味もいいが、何よりもこの悲鳴がたまらない。際限なく君を辱めて、もっと淫らに啼かせたくなる」

「最低……だわ……」

「そんな口を利けるのもこれが最後だ」

ゼノンが音をたてて媚肉へとキスをしたかと思うと、尖らせた舌先で花びらを解き、奥に息づく秘芯を探し始めた。

（嫌……駄目よ……その奥は……）

どうして駄目なのか、その理由までは分からない。

だが、嫌な予感がする。

やがて、ついに彼の舌が鋭敏な突起を弾いたそのときだった。

おそろしいほどの悦楽の塊が爆ぜ、シシリィはたまらず鋭い悲鳴をあげてしまう。

「きゃっ⁉　あぁぁっ！」

口を覆うものは何一つない。悲鳴は部屋中へと響き渡った。

今のはさすがに外に聞こえてしまったに違いない。

異変に気づいて誰かが助けに来てくれれば……という思いと、こんな恥ずかしい状態をこれ以上誰にも見られなくないという相反する感情がせめぎ合う。

心臓がどくどくと嫌な鼓動を刻み、生きた心地がしない。

しかし、部屋は静まり返ったまま。誰かが扉をノックしてくる気配はまるでない。

（……一体どういうこと⁉　どうして誰も助けに来ないの⁉）

今にも泣きだしてしまいそうな表情を浮かべたシシリィへとゼノンが告げた。

「助けなど来るはずがない。大人の世界にとってこういう行いは日常茶飯事だからだ」

「そ……んな……」

「だから、声を我慢する必要はない。むしろ外で様子を窺っている者たちにもっと聴かせてあげてはどうだ？」

「嫌よっ！　誰がそんなこと！」

「まだ反抗する力が残っているようで何よりだ。狩るのが難しい獲物であればあるほど腕が鳴るものでね――」

そう言うと、ゼノンは再び濡れた花弁へと口づけた。

のみならず、わざと湿ったはしたない音をじゅるりとたてて蜜を啜りあげる。

「ひっ⁉　あ！　あああぁっ⁉　おかしい……わ。そんなこと……」

「おかしい、か。可愛いことを言うものだ。まるで初心な少女だな」

「……馬鹿に……しないで！」

「いいから大人しくしていなさい。久しぶりに本物の君に逢いたい」

「こんなの……本物の……私などでは」

「それは君が判断すべきことではない。私が判断する。紛い物には興味はない」

「…………」

彼の言葉を懐かしく思いながらも、シシリィには浸る余裕など残されてはいなかった。

ゼノンが唇で肉芽を挟み込んだかと思うと、小刻みに震わせる舌で弾き始めたのだ。

「や……い、や……な、何……それっ。いやぁあ、ん、あ、あ、あぁああっ！」

あまりにも鋭すぎる愉悦に襲われ、シシリィは腰を浮かすようにくねらせ、瞬く間に喜悦の渦へと呑まれていく。

こんなにも恐ろしい快感がこの世に存在するなんて。

慄きながらも、あまりにも官能的なキスに彼の思うがまま翻弄されてしまう。

「な、何か……く、る……や、あ、ああ、訳が分からな……く……や、いやぁあ！」

理性を完膚なきまでに打ち砕かれ、本能を剥きだしにされてしまったシシリィは、自分が自分でなくなるかのような恐れに逼迫した声をあげながら、再び鋭く深く達した。

刹那、大量の蜜潮が飛沫をあげて放出され、ゼノンの顔と前髪を濡らす。

「――あ、あ、あぁ……」

シシリィは上ずった声で大きく喘ぎながら、絶頂の余韻に身を震わせる。

性感の塊である肉芽を弄られて迎えた頂上には、今まで得たことのない安らぎがあった。

女王という立場も何もかも忘れて――くるわされてしまった。

にもかかわらず、罪の意識とは裏腹に、満ち足りた安息が身体の隅々にまで穏やかに拡がっていく。

ゼノンは上半身を起こすと、切なげにその目を細めて彼女を見た。

蜜に濡れた彼の整った顔を目にした瞬間、シシリィの顔に申し訳なさそうな表情が浮かぶ。

そんな彼女の頰を撫でながら彼は言った。

「これでもう眠ることができるだろう」

（……まさか……そのためだけに？）

シシリィは物問いたそうに彼を見つめる。

ゼノンは黙ったまま彼女を優しいまなざしで包み込み、長い指を乱れた銀髪の中へと差し入れて丁重に梳いてゆく。

つい先ほどまでの苛烈な責めが嘘のよう。まるで恋人同士のようなやりとりにシシリィの胸は切なく締め付けられる。

(どうして……こんなときに限って……しかもこんな人なんかに……)

まだ幼かった頃、ずっと……ずっとこんな風に、寝るときにベッドの傍らで髪を梳いてくれる人がいればいいのにと願い続けていた。

暗闇が怖くて怖くて――いつか闇の底に引きずり込まれたまま、元の世界に戻ってこられなくなるような気がして……。

必死に訴えたが、ただの妄想だの子供のわがままだのと相手にすらしてもらえなかった。

そう、子供らしくいられなかった子供時代の。

決められた時間になれば否応なく真っ暗な部屋に閉じ込められ、いくら泣き叫んでも朝まで誰も部屋には足を運んでくれなかった。例外はただ一度としてなかった。生死を彷徨(さまよ)った病気のときですら……。

全ては未来の女王のための徹底した厳しい教育方針のために――

そんな日々の積み重ねこそが「氷の王女」を生みだしたのだ。

子供の頃の願いがまさかこんな形で叶うとは思いもよらず、シシリィは複雑な気持ちで目をしばたたかせながらゼノンを見つめる。

獣のようでありながら、同時に包容力に満ちた紳士のようでもあり——彼の本性は掴み所がない。その本当の素顔は、ポーカーフェイスの仮面に隠されている。

（もうとっくの昔に諦めたはずなのに……いまさら手に入るなんて……）

目頭が熱くなり、気が付けば涙が溢れ出てきていた。

咄嗟に顔を背けて手で拭おうとしたが、いまだ手首を縛められたままなため、流れるままに任せるほかない。

「見な……いで……」

鼻を啜りながら震える声で訴える。

しかし、ゼノンは涙に暮れるシシリィを見つめたまま、涙をキスで拭っていく。

「それでいい——思うさま泣きなさい」

唇を彼女のまぶたへと交互に重ねて、目を閉じさせる。

（涙なんてとっくの昔に枯れ果てたとばかり思っていたのに……）

今まで涙を堰き止めていた堤防が決壊したかのよう。とめどなく涙は流れ続ける。

胸に燻っていた様々な感情が涙へと溶けていき、洗い流されていくかのような感覚に、シシリィは安堵の息をついた。

「このまま寝てしまいなさい。もう寝られるはずだ――」

甘い声で囁かれ、頭を大きな手で優しく撫でられているだけで、心地よい眠気が押し寄せてくる。

だが、このまま寝てしまうわけにはいかない。こうして油断させておいて、突如獣の本性を剥き出しにして襲いかかってくるかもしれない。四年前と同じように無事でいられる保証はどこにもない。

シシリィは重い瞼を懸命にこじ開けながら毒づいた。

「……嫌……よ。貴方みたいな嘘つきの言うこと……信じられないわ」

「嘘などついていない」

「……だって……キスだけじゃなかったじゃない……」

「不満だったかね？」

「……違う……わ。そうじゃなく……て……」

「いいからもう寝なさい」

ゼノンがシシリィを穏やかに宥めると、なおも何か言おうとする唇を再びキスで塞いだ。

唇同士を重ね合わせただけのキスの心地よさが、シシリィをゆっくりと深い眠りの底へと沈めていく。

（ずるいわ……こんなキス）

こんなにも安らいだ心地で眠りにつくのは久しぶり。否、もしかしたら生まれて初めてかもしれない。

そんなことを思いながら、シシリィは安らかな表情で夢の世界へと旅立っていった。

# 第三章

「シシリィ様、お茶の用意ができました。さすがに少しは休憩なさってください」

「トリー、ありがとう。でも、悪いけれどゆっくり楽しめそうにもないわ。そこに置いておいてちょうだい。忙しいの」

父王が使用していた執務室にて、シシリィは寝る間も惜しんで大量の仕事をこなしていた。

即位してからここ一週間というもの、執務室に簡易ベッドを持ち込んで仮眠をとるだけで、寝室にはまったくといっていいほど戻っていない。

父の生前から仕事を手伝ってはいたため、女王の仕事がどれだけ忙しいものか十分に理解はしていたつもりだったが、自分一人で引き受けてみてようやくその認識がいかに不十分だったか思い知らされていた。

毎日のように女王への謁見を求める人々は長蛇の列を成し、視察の依頼書やさまざまな催し物の招待状は山のように届き、重要な会議には当然参加を求められる。

それは、さながら女王の奪い合いと言っても過言ではなかった。何度、自分の分身が欲しいと願ったことか。

　しかし、こうして仕事に忙殺されていると余計なことは考えずに済む。ゼノンのことを思い出さずに済むのはありがたくもある。

　寝室に戻る暇もなければ――もうあのような過(あやま)ちも起きないに違いない。

　だが、そんな事情を知るべくもないトリーはシシリィが休む間も惜しんで仕事に没頭することを快く思っていない。

「根を詰めすぎですよ。少しは休まないと身体がもちません。そのための休憩ですのに、お茶をしながらお仕事をされるのでは意味がありませんわ。すぐ後には会議も控えていらっしゃるのに……」

「仕事と言っても礼状を書くくらい、休憩をとりながらでもできるわ」

「いいえ！　親しい方々への気の置けないお手紙ならばまだしも、各国の代表の方々に差し上げる礼状はかなり神経を使いますし、休憩にはなりえませんわ！」

「平気よ。礼状は少しでも早くお送りしたほうがよいものだし。こうでもしないとなかなか時間がとれなくて」

「駄目です。いくらお忙しくても倒れてしまっては本末転倒ですわ！　昔からシシリィ様が頑張り屋さんなのはよくよく存じあげていますが、もうご自分だけの身体ではないのですから！　そんなことではまた心配をかけてしまいますよ」

「…………」

トリーの意味深な言葉に思わず手元が狂い、ペンからインクが滴り落ちてしまう。

せっかく謁見の合間をぬって、戴冠式へと参加してくれた来賓たちへの礼状の最後の一通を書き終えるところだったのにもう一度やり直しだ。

シシリィは、国旗とイニシャルのモノグラムをエンボスで印字してある便箋をくしゃっと丸めると深いため息をついてトリーを半目で見た。

トリーは主の仕事の手を止めることができて、得意そうに鼻をピクピクと動かしている。

（もろもろさらに誤解されてるみたい。どう説明すれば分かってくれるのかしら……）

彼女の言葉は聞き捨てならないものだった。まるで特別な誰かがいるかのような言いぶり。

それはあまりにも屈辱的な誤解だった。

「変な言い方はよしてちょうだい……そんな特別な人なんて神に誓っていないわ」

「またまた！　恥ずかしがらなくてもよいではないですか♪　国王と女王の国を超えた秘密の恋だなんて……あぁ、なんて素敵なんでしょう！」

「…………」

まるで自分のことのように浮かれて目を輝かせながらうっとりと言い放ったトリーにシシリィはひきつった笑いを浮かべる。

育ちがよくおっとりとおおらかな性格はどんなことでも好意的に捉える。それはトリーの好ましい長所ではあるが、何でも好意的に捉え過ぎるのも問題だと思わずにはいられない。

大胆不敵にも女王の寝室へと忍び込んできた賊のような男なのに、トリーのゼノンに対する評価はすこぶる高いままでシシリィは納得がいかない。

なんとかその考えを改めさせたいと思うが、トリーはこういった方面に関しては意外なほどに頑固で、なかなか思い込みを修正してくれない。

「……あんな最低な人と恋とか……絶対にありえないから……」

「まあ、あれほどシシリィ様のことを大切に想って案じてくださる方をそんな風に言ってはいけませんよ。お父様が亡くなられてから、心休まる間もなく疲れてらしたシシリィ様を心配してわざわざ会いにきてくれたのですから」

「あの人はそんな善人じゃないわ。何か企みがあるに決まっているわ……」

「サプライズですね！　わかります。素敵じゃないですか！」

「全然違うわよ！」

「ふふふ、そんなに恥ずかしがらなくても大丈夫ですよ。シシリィ様は本当に照れ屋さんであまのじゃくなんですから。ええ、私はちゃんと分かっていますから。何もかも！」

「………」

やはり駄目だ。何をどう言っても、トリーには愛だの恋だのといった浮わついたフィルターを通して受け取られてしまう。

こんなひどい誤解を受けるならば、もっと素直にしておけばよかった。日頃の行いを後悔するが今さら遅い。

（この件に関しては何もかもどころか何一つ分かってくれていないのに……トリーったら男の人を見る目がなさすぎるわ……あんな意地悪で強引な人のどこをどう見たらそんな高い評価になるわけ⁉）

胸の内で毒づくと同時に、彼が自分にしてきた意地悪な振る舞いを思い出してしまい、頬が仄かに熱を帯びる。

誰にも言えない淫らな秘密のキス――

少し思い出すだけでさまざまな種の感情が入り乱れ、落ち着きを失ってしまう。

仮にあの夜、彼が自分にしてきたひどい行いの詳細を打ち明けることができたならば、トリーの誤解も解けるに違いない。

だが、あんな恥ずかしい行いを明かせるはずもない。

脳裏に浮かぶのはゼノンの余裕めいた意地悪な微笑み。

（きっと私があの晩のことを誰にも明かせないと分かった上で、あんなにも大胆不敵なことをしてきたに違いないわ……）

何から何まで、一方的に彼に翻弄され通しな自分が悔しくてならないが、常に彼のほうが上手でシシリィにはどうすることもできない。

一体彼の本当の狙いは何なのだろう？

幾度となく考えを廻らせてはきたが、いまだに答えは得られない。

（……本当に……いちいち執務の邪魔だわ……集中しないといけないのに……少しの時間ですら惜しいというのに……）

シシリィが胸の中で独りごちたそのときだった。

不意に執務室の扉が鋭くノックされた。

トリーがシシリィの代わりに返事をしてドアを開くより前に、シシリィの叔父メイジス公がひどく慌てた様子で部屋の中へとはいってきた。

「――大変なことになった。シシリィ」

「叔父様!?　一体どうしたというのです？」

「アルケミアから使者が来ている。ただの使者じゃない。国王の側近、近衛騎士団長エール侯爵サイラス・グレン氏だ。国王の書状を携えている……至急、女王への謁見を望んでいる」

「っ!?」

叔父の口からアルケミアという言葉を耳にした瞬間、心臓が大きく跳ねあがった。

胸の前で両手を握りしめて目を輝かせているトリーとは対照的に、シシリィは厳しい表情で唇を噛みしめる。

至急という言葉に不吉な予感がする。しかも、使者が使者だけに不安が募る。

（近衛騎士団長をわざわざ寄越すなんて……どういうこと⁉）
近衛騎士団長は主の信頼が非常に篤い人間が選ばれるもの。身辺を警護する役割からすれば
それも当然といえよう。
いかなるときも国王の傍を離れないのが常だが——そんな彼をわざわざ使者として寄越して
くる理由として考えられることはただ一つ。
（……自分の身を危険に晒してまでも伝えたいことがあるということ？　しかも、それはおそ
らく他の誰にも知られてはならない秘密……）
つい、あの秘密の夜を思い出してしまい、胸がどくんと太い鼓動を刻む。
だが、シシリィは努めて平静を取り繕うと、ゼノンの要求をそう簡単に通してはなるものか
と叔父に首を左右に振ってみせた。
「……至急の謁見は認められません。まだ他にもお待たせしている方々がたくさんいるのに。
いくらアルケミアの使者とはいえ特別扱いはできません。それにこの後には大事な会議が控え
ています。叔父様も参加されるのでしょう？」
「会議は中止だ。シシリィ、優先順位を間違えてはならない。命取りになる」
「そんな……さすがにそこまでする必要があるとはとても思えません！」
シシリィが食い下がるも、メイジス公は険しい表情で言葉を続けた。
「今、ケルマーがもっとも重視すべきことは、アルケミアとの友好条約をいかに保つかという

こと。違うかね？」

「……それは分かっています。長きにわたるケルマーの平和はアルケミアとの友好条約によって保たれているところが大きいですから。しかし、こんな例外を簡単に認めてしまえばケルマーは下に見られてしまいます。今後、条約を盾に無理難題を押し付けられることは目に見えています！　毅然とした態度をとるべきです」

「アルケミアの前国王が相手ならばそれが正解だったろう。だが、今は違う。新しい国王はどんな手段に出るか分かったものではない。恐ろしい男だ。いくら警戒してもしすぎということはない相手だ」

「……っ⁉」

　メイジス公の押し殺した声に、シシリィは息を呑む。

「前国王は穏健派だったが、現国王は急進派。すでに三つの国がアルケミアの属国となった。明日は我が身、友好条約もいつ唐突に破棄されるか分かったものではない」

「そんな……まさか……いくらなんでもそこまでは……」

「即位直後に反国王派のアーリネ族を皆殺しにしたという話はあまりにも有名だ。我々の常識は通用しない。逆らう者には容赦ない制裁を与える——それがアルケミアの絶対君主だ」

「………」

　叔父の鬼気迫る言葉にシシリィはそれ以上何も言葉を返せなくなる。

確かに――何もかもが叔父の言うとおりだった。反論の余地もない。

アルケミアの絶対君主の恐ろしい噂は大陸全土へと轟かんばかりの勢い。それは紛れもない事実だった。

だが、あくまでもそれは噂であって、噂には尾ひれがつくもの。

シシリィ自身は話半分程度にしか信じていなかった。

しかし、国王となった本人と再会した今、もしかしたらという思いが拭えないのもまた事実だった。

（あの人なら……確かにやりかねない……）

胸の中で呟くと、ぶるりと身震いする。彼の底知れない恐ろしさは身に沁みていた。

いつ紳士の仮面を脱ぎ棄て、友好条約という名の鎖を引きちぎり、牙と爪を剥き出しにしてケルマーに襲いかかってくるかしれない。

「シシリィ、危険を極力回避するのも女王としての務め。アルケミアに条約を破棄する口実を与えてはならない」

長い沈黙の後、ついにシシリィは折れざるを得なかった。悔しさに歯噛みしながら、苦しそうな表情で叔父の提案を受け入れる。

「……分かり……ました。すぐに謁見の間に向かいます。ただし、他の使者の方々にはくれぐれも悟られないようにしてください」

メイジス公は安堵に表情を緩めると、足早に執務室を出ていった。

しかし、それとは対照的にシシリィの表情は曇ったまま。

脳裏に浮かぶゼノンの挑発的な微笑みに敵意を燃やしながら、やはり彼の思うがままに従わざるを得なかった悔しさに拳を握りしめる。

(またこんな脅しにも近いやり方で屈せられるなんて……あの人は一体どれだけ私の自尊心を傷つければ気が済むというの？　何が狙いなの？)

獰猛な獣と包容力に溢れた紳士。相反する二つの仮面を自在に使い分けるゼノンの宣戦布告に戦慄を覚えずにはいられない。

得体のしれない不安が胸の内で肥大していき、押しつぶされそうになる。

と、そのときだった。

トリーが弾んだ声でシシリィへと言った。

「きっといいお話ですわ！　そうに決まっています！」

「…………」

斜め上をいく彼女の発言に、シシリィは椅子からずり落ちてしまいそうになる。

ついさっきの緊迫したやりとりすら、まるでトリーには通じていなかったようだ。空気を読もうなんて気はさらさらないらしい。

「……だと……いいけれど」

シシリィは苦笑しながら、かろうじてそう答えるので精いっぱいだった。

もはやなぜそうなるのだと問い詰める気力すら残っていない。

しかし、その一方で、どこまでも前向きな彼女の言葉に不安がいくばくか薄らいだのもまた事実だった。

（……こんな強引なやり方で人を呼びつけるなんて……あの人は一体何を企んでいるの⁉　まさか本当に……ケルマーとの条約を破棄するつもり⁉）

シシリィは、逸る思いで馬車の外に目をやりながら、ゼノン直筆の書状を握り締めた。

アルケミアからの使者、国王の側近であり近衛騎士団長を務めるサイラス・グレンが届けにきた書状は「極めて私的で非公式な晩餐会」への招待を促すものだった。

招待といえば聞こえはいいが、書状の文面は限りなく命令かつ脅しに近いものだった。

今後もアルケミアとケルマーの友好状態を保ちたければ——というあからさまに含みを持たせた一文まで読み進めた瞬間、目の前が真っ暗になった。

それでも必死に平静を装い、少しでもこの書状の本当の狙いを使者から聞き出そうと、さまざまな質問を試みてはみたがその努力は無駄に終わった。

サイラスの口は実直そうな見た目同様重く一分の隙もなかった。答えたくない質問には堂々と沈黙を貫いたのだ。相手が女王であっても動じないその態度は、やはりゼノンの片腕といったところか。彼の信頼を勝ち得ているというのもうなずける。

結局、謁見を終えた後、すぐさま大急ぎで準備を整えてアルケミアへと向かい、ろくに馬も休ませずに駆けさせ続けて丸二日が経とうとしていた。そうでもしなければ間に合わない日時が設定されていたのだ。

急にいわくつきの使者をよこして意味深な書状を届けさせたかと思えば、その内容も強引極まりないものだった。

しかし、国を人質にとられては従わざるを得ない。

(……あの人のことだから、ただの晩餐会であるはずがない。『アルケミアとケルマーの今後を話し合いたい』って……なにがしかの交渉をしかけてくるつもりなんでしょうけど……)

その交渉いかんではケルマーを危険に晒してしまうことにもなりかねない。

叔父の厳しい言葉はシシリィの鼓膜に焼きついていた。

書状を握りしめた手が震えてしまう。

(これは……きっと彼の罠だわ。だけど、ケルマーだけはなんとしてでも守らないと……)

本来ならば、国の行く末を左右するような大がかりな交渉は、識者を集めて何度も会議を重ね、慎重に吟味を重ねたうえで初めて公の場で行われるもの。

国のトップ同士が非公式に逢って独断で行うようなものではけしてない。

だが、もしかしたら絶対君主としてはこれが当たり前のやり方なのかもしれない。

どちらにせよ、仮になにがしかの交渉を持ちかけられたとして果たして自分はうまく立ち回ることができるのだろうか？　少しでも自国へと有利な条件を引き出せるのだろうか？

あの大胆不敵かつ策士な絶対君主相手に……。

（……あんな人の紳士の仮面に騙されそうになっていただなんて……ありえない……）

戴冠式の夜、深い眠りへと落ちる前に彼が見せたどこまでも優しい笑顔を思い出してしまうたびに、鋭い痛みが胸を突き刺す。

（あの優しい言葉もぬくもりも……全部嘘だったに違いないわ……）

何を今さら――最初からそう警戒していたはずなのに、これほどまでに胸が痛むということは、心のどこかで彼の紳士的な一面を信じたかったからだろう。

子供の頃、ずっと欲しくて得られなかったものを与えてくれた人。もしかしたら、思っていたほど悪い人ではないのかもしれない。

そんな考えを捨て切れず、結局、何から何まで彼の思惑に翻弄されてしまった愚かな自分が赦せない。手ひどい裏切りにあったかのような想いに歯噛みする。

一刻も早く彼と対峙して、この憤りを直にぶつけなければ気が済まない。

しかし、同時にそれを恐れるもう一人の自分もいた。

シシリィは震えを止めようと握りつぶされた書状ごと両手を握りしめたが、震えは一向に収まらない。

気を紛らわせるべく、シシリィは馬車の向かいの席に座っているトリーへと声をかけた。

「トリー、ようやくこれで彼がどんなにひどい人か分かったでしょう？」

さすがの彼女もこれならゼノンの評価を改めざるを得ないだろうと確信しての問いかけだったのだが、トリーは同意を示すどころかおっとりと首を傾げてみせる。

「え？　晩餐会のご招待のどこがひどいのですか？」

「……い、いえ、これは絶対に罠だから。間違いないわ」

「まさかそんな。シシリィ様ったら考えすぎです。ゼノン様はシシリィ様に会いたくてたまらないというだけです。もしかしたら、特別なお申し出があるかもしれませんよ？」

「…………」

なるほど——そういう考え方もあるか……と思いながら、シシリィはがくりと肩を落としてしみじみとため息をつく。

ここまであからさまな宣戦布告もトリーにはまったく通じていない。

ここまでくると、天然を通り越してある意味大物かもしれない……。

それにしても、特別な申し出とは……。

この場合、おそらく求愛または求婚を指すのだろうが、果たしてトリーはその意味を分かった上で言っているのだろうか？

（……けしてロマンチックなものではないということだけは確かだわ）

基本的に統治者同士の結婚には、何かしら特別な意味合いが含まれているもの。国と国との結婚でもあるのだからそれも当然といえよう。

男女が恋に落ちて――といった、いかにもトリーが夢想していそうな類のものでないことだけは確かだ。

それこそ交渉に近いものがある。

（って……まだそうと決まったわけではないのに……私ったら何を。トリーのせいだわ。変なことを言い出すから……大体、女王への求婚は赦されないことだというのに）

シシリィが慌てふためいて胸の中で独りごちたそのときだった。

ようやく馬車が止まった。

休みもほとんどとらず、長い間揺られ続けて身体の節々がこわばり悲鳴をあげている。

しかし、疲れているのはトリーも御者も従者たちも皆同じ。

シシリィは疲れた顔を見せないようにと、気を引き締めなおしてこわばりきった腰をあげると、ドレスのスカートを握って裾を浮かせ、開かれたドアから外へと出ていこうとした。

が、馬車から降り立つ際に差し出された手をとろうとしてその場に固まってしまう。

「シシリィ女王陛下。ようこそアルケミアへ」

「――っ⁉」

低く伸びやかな声を耳にした瞬間、心臓が躍る。

ゼノンが不敵な笑みを浮かべて彼女へと手を差し出していた。

まさか国王自らがわざわざ出迎えに出てくるなんて――虚を突かれ、シシリィの頭の中は真っ白になる。

ゼノンは彼女の手をとると、力を込めて自分のほうへと引き寄せた。

シシリィは馬車から落ちるように彼の胸の中へと飛び込む格好となる。

彼がいつも身に付けているウッディな香水に包まれた瞬間、眩暈(めまい)を覚えて身体の芯が熱を帯びる。

だが、すぐさま我に返ると、彼の逞(たくま)しい胸に両手をあてて突き放そうとする。

しかし、強い力で息すらできないほど抱きすくめられ、逃れることはできない。

「離し……て！　こんな強引なやり方ばかり……ありえないわ！」

「急に呼び出してすまない。だが、どうしても君が忘れられなくてね。少しでも離れているのが耐えられなかった」

熱いため息をつきながら声を震わせるゼノンの態度に動揺を隠せない。

(何を戸惑っているの⁉　ただ単にこの人は口が達者なだけ……鵜呑(うの)みにしては駄目……仮面に騙されては駄目……)

深い呼吸を繰り返してようやく幾ばくかの落ち着きを取り戻すと、シシリィは努めて冷ややかな声で言った。

「……ならば、何もこんな真似をしなくても、前のように押しかければよかったのでは？」

侮蔑のまなざしで彼をきつく睨みつけ、言葉の端々に精一杯の皮肉を込める。

「――なるほど、君がそれを赦してくれるのならばそうしよう」

ゼノンの切れ長の目が意地悪そうに細められるのを目にした瞬間、顔や頭に血が昇る。

あのような行為を赦すはずがないと分かっている上でわざとこんなことを言うのだ。

「違います！　けっしてそういう意味では……」

「さて？　そういう意味とは？」

「…………」

しらばっくれるゼノンにシシリィは眉をしかめて口をつぐむ。

すると、彼は駄々っ子を宥めるように彼女の頭を撫でてくる。

その手を振り払うと、シシリィは思い切り顔を背けてあさっての方向を睨みつけた。

ゼノンは喉の奥で笑いを噛みころすと、彼女のこめかみへと口づけ、その細い腰に手をかけてエスコートしていく。

まるで恋人のような彼の振舞いにシシリィは苦々しい表情を浮かべながらも、さすがにアルケミアの廷臣たちの目がある中、城の主を無碍にするわけにもいかず、渋々と彼に従うほかない。

（ああ、こんな行為を赦してしまったら、ますますトリーに誤解されてしまうのに……）

ちらりと斜め後ろへと視線を運ぶと、予想どおり満面の笑みを湛えたトリーがまるで我がことのように誇らしそうにしているのが見てとれる。

シシリィはため息をひとつつくと、彼にだけ聞こえるような小声で尋ねた。

「……それで……一体何を企んでいるの？」

「随分な言われようだな。脅迫などではない。君と二人きりで食事をしたかった。ただそれだけのこと」

「白々しい嘘はよして。貴方の側近がわざわざ届けてきたのは招待状などではないわ。脅迫状の間違いでしょう？」

「そんな風に悪くとられるとは心外だな」

わざとらしく肩を竦めてみせるゼノンに怒りが込み上げてくるが、それを悟られるのはもっと不愉快で――シシリィは冷笑を浮かべたまま、彼から目を逸らして毅然と前を見据える。

自分への侮辱はケルマーへの侮辱でもある。これ以上は絶対に赦してはならない。

もう二度と彼の好きにはさせはしない。いかなる罠が待ち受けていようとも彼の思い通りにはさせない。

ケルマーの女王としての誇りを胸に燃やし、シシリィはアルケミア城へと足を踏み入れていった。

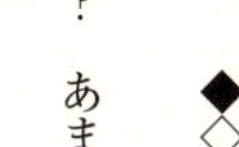

「どうした？　あまり食が進んではいないようだが？」

「…………」

あまり食が進んでいないどころか、一口も口をつけていない。

ゼノンの言葉を受けて、シシリィはカトラリーを揃えてわざとナイフの刃を彼のほうへと向けて置くと、厳しい目で彼を見据えた。

通常はナイフの刃は自分のほうへと向けるもの。敢えてマナー違反をすることによって、彼に対する反抗心を示してみせたのだ。

しかし、ゼノンは涼しい表情で気づかないフリをする。

ゼノン主宰の晩餐会の招待客はシシリィただ一人だった。

見事なフレスコ画が天井と壁に描かれている豪奢な食堂で、軽く三十人以上は同時に着席で食事をすることができる長テーブルの席についているのはシシリィとゼノンの二人だけ。

コースの給仕をするのは年老いた執事ただ一人、管弦楽団の演奏もない。

あきらかに異様な晩餐会だった。否、晩餐会と呼ぶことすら躊躇われる会食だった。明らかになにがしかの意図があってのこと。

しかし、ゼノンは何一つシシリィに説明することなく、ポーカーフェイスでコース料理のメインのフォアグラのソテーに舌鼓を打っている。残すはデザートのみ。

シシリィは険呑に目を細めると、このままでは埒が明かないと自分から話を切り出すことにした。

「――どうにもわたくしにはこの晩餐会の趣旨が分かりかねるものですから、心配のあまり食事も喉を通らないのです。何せあまりにも急なご招待でしたから。しかも、二人きりの晩餐会だなんて初めてのことで戸惑っています」

わざと冷ややかかつ他人行儀な口調で皮肉をたっぷり込めてみせるが、ゼノンは愉快そうに口端をあげてみせるだけ。シシリィの苛立ちは募る一方だった。

「君と二人きり水入らずで食事をしたかったのでね。戴冠式での晩餐会ではろくに話もできなかっただろう?」

「あら、わたくしはそうは思いませんでしたけれど？　お天気の話や今後の戦況の見通しなど楽しくお話させていただいたかと」

「ああ、どうでもいい話しかしなかったな。さぞかし退屈だっただろう？」

「…………」

彼の口ぶりからして、やはりあれはわざとだったのだとの確信を得て笑顔が引き攣る。

（一体何のためにあんな真似を⁉　いたずら好きな子供でもあるまいし……）

「まあ、そう怖い顔をするのはやめなさい。せっかくの美女が台無しだ」

「……誰のせいだと思っているの？　ふざけないでちょうだい」

「それでいい。二人きりのときくらい仮面は外しなさい」

ゼノンは赤ワインのグラスを掌（てのひら）で包みこむように持つと、宙で円を描くように動かして、ひと思いに煽ってみせた。

「――では、ようやく君の仮面も外れたところで本題に入るとしよう」

そして、空になったグラス越しにシシリィを鋭いまなざしで見据えた。

緊張の糸が張り巡らされた広い食堂がしんと静まりかえる。

と、そこでシシリィは違和感を覚える。

（空の……グラス？）

こういった着席形式の会食において、通常グラスが空になることなどない。特に国王のグラスであればなおさらのこと。

「……っ⁉」

いつの間にか給仕をしていた老執事が姿を消していた。

それに気付いた途端、シシリィの心臓が嫌な音をたてて軋（きし）む。

（人払いをするような素振りはまったく見せていなかったのに……いつの間に……）

考えうることはたった一つだけ。あらかじめそうなるように仕組んでいたということ。おそらくゼノンが本題を切りだす頃合いを見計らって食堂から退出するよう老執事に指示していたのだろう。

彼と二人きりでいてはならない。あまりにも危険すぎる——本能が警鐘を鳴らす。

（……この前と同じ過ちは繰り返さない……この人が変な素振りを見せたらすぐに迷うことなく隣の間に控えているトリーたちに助けを求めればよいだけ……）

緊張と不安に押しつぶされそうな自分を必死に奮い立たせるが、膝の上で握り締めた拳は震えてしまう。彼の大胆不敵な行為の恐ろしさは身に沁みていた。

だが、同時に妖しい高揚感をも覚えて困惑する。

ゼノンはグラスを机の上へと置くと、シシリィを真っ向から見つめて言った。

「君と過ごす時間は貴重だ。だから、単刀直入に要件を伝えよう——シシリィ、私は君が欲しい。私のものになりなさい」

「っ⁉」

一瞬、シシリィは何を言われたか分からなかった。

（……誰が……誰のものにですって⁉）

あまりにもありえない申し出に耳を疑う。思考が停止し、考えが追いつかない。

例え、国王であっても女王へは求婚できない。王女ではなく、国にとって唯一無二の存在なのだから。

よって、通常国を統治している者同士が結ばれることはまずない。

ただし例外はある。

それは、二つの国が一つになるときだけ……。

（また……性質の悪い冗談を……）

苛立ちも露わに、シシリィはゼノンを探るような目つきで睨みつける。

きっといつものように人を食ったような態度で毒舌を差し向けてくるに違いない。それにどう応酬するか考えを巡らせながら。

しかし、ゼノンの顔つきはどこまでも真剣で。その燃え盛る炎のような双眸はシシリィを渇望していた。

それに気付くと同時に、シシリィは形容しがたい憤りに襲われる。

「……っ⁉　本気で言ってるの⁉」

「ああ、もちろん」

「ふざけ……ないで。貴方、自分が一体何を言っているか分かって……」

「もちろん分かっている。その上で私は君に求婚しているのだよ。シシリィ」

ゼノンは口端をあげてみせると、自信に満ちた口調で言った。まるで自分の要求は必ず通るという確信を持っているかのように。

その余裕がシシリィの苛立ちをさらに煽り立てる。

「……どうしてそんな真似を」

「君に恋い焦がれているからに決まっているだろう？」

「そんなの嘘よっ！」

「なぜそう言い切ることができる？」

「……そ、それは……」

彼の声色が一転して恐ろしい響きを持ち、シシリィは竦んでしまう。

まさかこんな反応をするとは思いもよらなかった。

（……本気だとでもいうつもり？）

一体、何が冗談で本気か分からない。相変わらず掴みどころのない彼の食えない態度に翻弄されてしまう。

「……信じられるわけないでしょう？　だって、私は貴方のことほとんど知らないのに」

「君はあの仮面舞踏会以来、公の集まりには顔を出さなくなってしまったからな。私を避けていたのだろう？」

「人前であんな辱めを受けたのに、避けるなというほうが無理があるわ」

「だが、私からは逃れられない。違うか？」

「っ!?」

ゼノンの言葉の一つひとつは恐ろしいほど的確にシシリィの胸の内を暴いていた。

だが、それを認めてしまうのは、彼女のプライドが許さなかった。

「思い上がらないで……」

「少なくとも私は君から逃れられない。仮面舞踏会で君の唇を奪ってからというもの君のことしか考えられなくなってしまった。この四年間、どうすれば君の全てを奪うことができるか、そんなことばかり考えていた」

「……っ⁉」

ゼノンの情熱的な告白にシシリィの血は沸騰し、その白い頬は薔薇色に染まる。

しかし、一方のゼノンはポーカーフェイスのまま。真意を窺（うかが）い知ることはできない。

にもかかわらず、胸のせわしない鼓動はシシリィを悩ませる。

「四年の片思いは君に愛を告白する立派な理由になるだろう。君を知れば知るほどどうしようもなく惹（ひ）かれてしまう」

「……きっと貴方が見ているのは私じゃないわ。私に理想を重ねて夢を見ているだけよ。目を醒（さ）ましたほうがいいわ……」

甘い囁（ささや）きや愛の言葉なんて聞き飽きているはずなのに——まるで初めて告白されたかのように居ても経ってもいられない心地に駆られる。

（鵜呑みにしては駄目。この人もどうせ他の男の人たちと同じに違いないわ……）

シシリィの表情にシニカルな陰りが差す。

一方的に自分に幻想を抱いては熱烈に愛を囁いてくる男たちには辟易としていた。

甘い告白の言葉も何もかも偽りばかり。

だが、恐ろしいのはその偽りの世界をあたりまえのものとして何の疑いもなく受け入れている人たちが実に多いことだった。

恋は盲目とはよくいうが、元々盲目な人に恋を大義名分として使用しているケースはかなり多い。

「あいにく私は理想主義者ではなく現実主義者だ。夢を見るには厳しい現実を知りすぎてしまったものでね」

ゼノンの皮肉めいた言葉がシシリィの胸に強い揺すぶりをかけてきた。それは経験した者にしか分からない言葉で。痛いほど分かってしまう自分が悲しくて。やり場のない気持ちをもてあます。

（……いいえ、他の男の人たちとは違う……この人の言葉は……きっと本物……）

その理由を知りたいとさえ思ってしまい、シシリィは慌てて「過ぎた好奇心は身の破滅だ」と自分を戒めた。

しかし、一度抱いてしまった共感はそう簡単には拭えそうにもない。

今まで共感などといった言葉とは無縁の世界に生きてきたのだから。

「しかし、一生に一度くらい夢に溺れるのも一興かもしれないな」

ゼノンはナイフとフォークを揃えて皿の上に置くと席から立ち上がった。

そして、白いテーブルクロスをかけた長机を回り込むと、シシリィのほうへと悠然とした足取りで近づいてゆく。

「食事中に席を立つなんて。マナー違反よ。まだデザートが残っているのに」

慄きを悟られないように強い口調で注意するシシリィだが、そんなことでゼノンの歩みを止められるはずもない。

助けを呼ぶべきだ。否、まださすがに早い。

明らかに彼が無礼な行為に及んだときでなければ、かえってこちらの分が悪くなる。

どちらにせよ、けして相手に付け入らせる隙を見せてはならない。自分だけのことならまだしも、女王として一国を背負っている身。軽はずみな行いは自粛しなければ……。

シシリィが助けを呼ぶべきか否か激しく迷っているうちに、ゼノンは彼女の席へとたどり着いた。

「私は欲しいものはすべて手に入れなければ気が済まない性質でね。あの舞踏会からようやく四年――私にしてはかなり辛抱強く待ったほうだ」

ゼノンは椅子の背後から逞しい腕を前に回して、シシリィを椅子ごと抱きしめてきた。

ウッディな香水をまとった彼自身の香りがいつも以上に強く感じられ、シシリィは眩暈を覚える。

心臓がくるわんばかりに速い鼓動を打ち始める。

それが彼の腕を通して伝わってしまうかもと思うだけで逃げ出したくなるが、身体が石になってしまったかのように動かない。

「だが、さすがにもう待てない。今から君を奪う。私だけのものにする」

「そん……なこと……赦されるはずがないでしょう⁉　貴方も私も……立場というものが」

「この国では私が法だ――誰にも文句は言わせない」

そう言い切ると、ゼノンはシシリィの顎を掴んで横を向かせ、背後から顔を覗き込むようにして唇を奪った。

「ンッ⁉　や……あ……っ、う……ン……」

唇を荒々しく貪られ、シシリィはくぐもった甘い声を洩らしながらも彼の手の甲に思い切り爪を立てた。

爪が食い込み血が滲むが、ゼノンはわずかに眉を寄せただけで、怯むことなく口づけを続行する。

雄々しい舌使いで口中を攪拌したかと思えば、彼女の舌に自らの舌をねっとりと絡めて淫らな口づけをじっくりと味わっていく。

頭が痺れるような快感に身震いしながらも、シシリィは悲鳴をあげて隣の控えの間にいるトリーへと助けを請おうとした。

だが、唇をこんなにも深く塞がれては言葉を紡ぎだせないどころか呼吸すら難しい。

舌に噛みつけばいい。そうすればさすがのゼノンもキスを中断せざるを得ないはず。

以前されたときと同様、頭ではそう分かっていても、シシリィの舌は無意識のうちに彼の舌へといやらしい動きで応じてしまう。

（……こんなこと……いやなのに。どう……して……）

思うように動かない自分の身体がうらめしい。

そうこうするうちにも、ゼノンは彼女のドレスの胸元から両手を差し入れると、柔らかな白磁の膨らみを中から掬いあげるように外へと露出させた。

やわやわと揉みしだきながら、親指と中指の腹で胸の頂を捏ね回す。

「ンンっ！　んくっ⁉　ン……は、あぁ……あ」

痛いようなくすぐったいような面映ゆい快感が先端から沁みてきて、シシリィは形のよい眉をひそめながら身を捩る。

「や……あ……」

「シシリィ、私に君と君の国を差し出しなさい。悪いようにはしない」

「っ⁉」

ゼノンの言葉に頭から冷水を浴びせられたかのような心地がする。

（……なるほど。そういうこと……だったのね……この人が欲しいのはケルマーであって、私はそのおまけのようなもの……おかしいと思ったわ……）

ようやく彼の真意を掴むことができたと思うのに。

なぜか暗雲はよりいっそう厚さを増し、シシリィの胸を埋め尽くす。

「……こんな姑息なやり方で国を侵略しようというの？　呆れたわ」

ありったけの侮蔑の念を込めて吐き捨てるように言うが、ゼノンは全く気にする素振りを見せない。

「何とでも言うがいい。結果が全てだ――」

「誰が貴方みたいな暴君に……ケルマーを渡すものですか」

「……いつまでそう言っていられるかな？」

ゼノンは恐ろしい声色で囁くと、背後から彼女を抱きすくめたままその場へと立ち上がらせた。そして、椅子を横に避けると、彼女の両手を机へとつかせて腰を後ろに突き出させる。

「な……何を……して……」

肩越しにきつい目で睨みつけてくるシシリィに構わず、おもむろにドレスの裾をたくし上げた。その下に隠されていたほっそりとした足と下着とがあらわになってしまう。

「やっ、やめ……なさい……無礼な！　離して！　離しなさいっ！　これ以上の侮辱は赦しませんっ！」

「――いいから静かに。大人しく身を委ねていなさい」

「嫌よ！　トリー！　そこにいるのでしょう!?　助けて！」

二度同じ過ちは繰り返してなるものかと、シシリィはついに声を張り上げて隣室へと助けを求めた。

だが、控えの間に待機しているはずのトリーは一向に姿を見せない。

否、トリーどころか誰も姿を見せず、辺りはしんと静まりかえっている。

異変に気づいて誰がしか姿を見せてもおかしくはないはずなのに。これは一体どういうことだろう？

「いくら助けを呼んでも無駄だ。すでに君の部下たちは別の部屋に通してある」

「嘘……そ……んな……」

「君が誰にも遠慮せずに可愛い声をあげられるように配慮したまでだ」

「…………」

シシリィはゼノンの言葉に絶望の奈落へと突き落とされる。

「最低だわ！　こんな野蛮なやり口、国王が聞いて呆れるわ！　国民の手本であるべきはずなのに、皆が知ったらけしてただでは……」

「いかにも君らしい。潔癖な女王に似合いの言葉だな――だが、きれいごとだけで全てが万事うまくいくわけではない。むしろうまくいかないことのほうが多い」

暴れるシシリィの肩甲骨の間を押さえつけて机へと上半身を固定すると、ゼノンは彼女を見下ろして冷ややかな声で言った。

「だからこそ、君は女王には向いていないと言ったのだ」

「馬鹿にしないでっ！　そんなこと貴方に決めつけられたくないわっ！」

シシリィが怒りに任せて声を振り絞ったそのときだった。

ゼノンが彼女のヒップを覆う薄布を力任せに破り捨てた。

絹が裂ける音がすると同時に形のよい丸い果実が顕わになり、シシリィはたまらず悲鳴をあげた。

「いい声だ――男の欲望を駆り立てる」

ぞっとするような声色で溜め息混じりに呟くと、ゼノンは彼女のヒップを撫で回しながら、その下の蔭りへと熱いまなざしを注ぐ。

滑らかな白い肌は粟立ち、彼の愛撫に応じるかのように小刻みに痙攣していた。

「今日はキスだけではない。君の全てを征服する」

有無を言わせない一方的な通告にシシリィの怒りは燃え上がる。

だが、その反面、彼の言葉はまるで媚薬のように鼓膜へと沁み込んでいき、さらなる深みへと浸食していく。

（これほどまでに屈辱的なことをされているのに……どうして……）

絶体絶命の危機に面しているはずなのに、どういうわけか息が乱れ、熱病にでもかかったかのように顔が熱く火照っている。

そんな自身の反応に気づいてはいたが、断じて認めるわけにはいかない。

「こんな風に……欲しいものを無理やり手に入れて……楽しいの？」

「無理やり？　誤解されては困る。本気で嫌がる相手を無理やり抱きはしない」

「……言っていることとやっていることが違うわ！」

「君が本気で嫌がるならば、無事に国に帰してあげよう」

「……っ⁉」

どこまでも強い自信に満ちたゼノンの言葉にシシリィは鋭く反論する。

「詭弁だわ！　どこからどう見ても本気で嫌がっているに決まっているでしょう⁉　貴方という人は……どこまで私を侮辱すれば気が済むの⁉」

「嫌がっている？　私の目にはそうは見えない」

「勝手に決め付けないでちょうだい！　今すぐ離しなさいっ！」

「――そういうわけにはいかない。まだ交渉は始まったばかりだ」

不敵な笑みを浮かべてそう告げると、ゼノンは彼女のヒップを左右に割り開き、谷間に息づくすぼまりとその下の濡れた媚肉とをシャンデリアの灯りの下に晒した。

熱い視線を感じてか、そこは別な生き物のようにひくついて淫らな涎を滴らせる。

「や……あっ！　そんな……ところ……駄目ッ！　い、やぁぁ！」

羞恥に彩られた上ずった声を洩らしながら、シシリィは必死に彼の視線から逃れようと身を捩るが、上半身を机に押し付けられているため腰だけを挑発的な仕草でくねらせることになってしまう。

「こんなにいやらしい涎を垂らしておきながら本気で嫌がっているとでも？　私の目にはキスをねだっているようにしか見えない」

ゼノンはそう言うと、彼女のヒップを掴んで濡れそぼつ溝へと口づけをした。

敏感な粘膜に柔らかな感覚が触れた瞬間、シシリィは声ならぬ声をあげながら、軽く達してしまう。同時に奥のほうから愛液が溢れ出し、ゼノンの舌を楽しませる。

「ああっ！　いや……あ……や、め……ン……っく……あ、あ、あぁぁ」

あの夜のいやらしいキスを思い出しながら、シシリィは妖しいまでの昂りに身悶える。

けして応じてはならないという思いとは裏腹に、身体は自分が思っていた以上に彼の舌を覚えていた。まさかほんの少し舐められただけなのに気をやってしまうなんて……。シシリィは愕然とする。

そうこうする間にも、ゼノンはついばむように秘所へとキスを降らしていき、時折舌をくねらせながら挿入れてくる。

「は、あ……や……あ、ン……やめなさいと……言っている……のに……あぁぁ……」

喘ぎ喘ぎ悩ましい声を洩らすシシリィの姿がさらに彼の牡を挑発する。

ゼノンは、舌で味わうだけではあきたらず、じゅるりっと音をたてて甘露を啜りあげた。

「い、やぁあああああああぁっ！」

シシリィの悲鳴が食堂へと響き渡るや否や、秘所の奥から新たな蜜が勢いよく洩れ出て彼の顔を濡らしながら床へと滴り落ちていく。

「——晩餐会のコースのデザートは君と決めていた」

ゼノンは割れ目の奥へと舌を突き立てると、本格的な責めを開始した。

わざとはしたない音をたてて蜜を啜りながら舌を暴れさせる。

嬌声をあげながら、シシリィは彼の舌から逃れようと我を忘れてもがく。高価な食器やカトラリーが派手な音をたてて床へと落ちていくが、誰かが助けに来る気配はない。

「私の舌を締めつけてくる。キスだけでは物足りなさそうだが？」

「やっ⁉　あああぁ、誰も……そんなこと言って……」

「いい加減素直になりなさい。君は本当は私に独占されたい——そう願っているはずだ」

「そんなこと認めないわ！　絶対に！」

「強情だな。まだ折れないか」

そう言うや否や、ゼノンは秘所へと二本の指を力任せに突き立てた。そのまま中で指を広げては閉じ、手首を捻りながら抽送を開始した。

「きゃあっ⁉　や……ンぁっ⁉　ひ……あ、あ、あああぁ！　抜いて。抜き……なさい！」

腰を突き出す体勢のせいで、前にされたときよりもさらに深くを力任せに抉られ、シシリィは目を大きく見開くと引き攣れた悲鳴をあげる。

「君が素直になれば抜いてあげよう」

自重を指へとのせながら、ゼノンは嗜虐的な笑みを浮かべたまま、姫壺の奥深くを鋭く穿っていく。そのたびに湿った卑猥な音が加速していき、シシリィの目元が朱に染まる。

「あ、あぁっ⁉　い、や……だ、駄目。何か……来て……あ、あ、あ、あぁっ！」

唇がわななき、逼迫したくるおしい艶声がさらに乱れていく。

（あぁあっ……駄目……またあのときと同じように……意識が遠のいて……）

身体の奥深くへと刻み込まれる太い衝撃に意識が朦朧となる。足が生まれたての小鹿のようにガクガクと大げさなほど震えるのを堪えることすらままならない。

もう、これ以上は我慢できない。シシリィがイキ声をあげようとしたその瞬間、不意にゼノンは彼女を激しく責めていた手の動きを止めた。

「っ⁉」

絶頂の高波に意識が流されてしまう寸前で肩透かしをくらう格好となり、シシリィは息を弾ませながら悦楽に蕩けたまなざしを背後へと向ける。

「言っただろう？　無理強いはしない。君が望まなければここでやめておく」

あれだけ止めて欲しいと願っていたはずなのに、いざそうされると空虚な思いが胸を支配していく。

「さあ、どうして欲しい？」

「う……っく……」

このまま解放してほしい。ケルマーへと帰して欲しい。清らかな身のまま――

そう言わねばと震える唇をこじあけるようにして開く。

しかし、言葉は出てこず、その代わりに乱れた喘ぎ声が洩れ出るだけ。いたたまれない思いに駆られて打ちひしがれる。

（駄目……屈しては……こんなやり方を認めるわけにはいかない……でも、拒絶すればケルマーは……どうしたらいいの？）

一生を左右する重要な問題であり、必死にもっとも最適な解をさがそうとするも、愉悦に蕩かされた頭ではまともにものを考えることができない。

「これはけして悪い取引ではない。君はケルマーと結婚すると就任表明の挨拶で国の民へと誓った。その言葉は本物なのだろう？」

「……ええ」

「ならば、もっとも国益となることは何か――考えてみなさい。無駄な戦いを避けるには、ケルマーのさらなる繁栄を望むにはどうすればいいか？」

「…………」

このように淫らな行為をしながら話すような内容ではない。

国の将来を賭けた恐るべき淫らな交渉にシシリィは臍を噛む。

彼の言葉はあまりにも正論すぎて、経験の浅い自分にはまず太刀打ちできそうにもない。

しかし、だからといって、何を考えているか分かったものではない絶対君主においそれと屈するわけにはいかない。

（一体……どうすれば……）

女王としての決断を迫られたシシリィは、苦しげに顔を歪めて押し黙ってしまう。

認めるのは悔しいが、女王に即位したての身ではどの選択肢が正しいか判断がつかない。少しでもケルマーにとって有利な条件を引き出そうにも、こんな状態ではそれも難しい。

（……お父様だったら……叔父様だったら……どう答えて……）

シシリィが自己嫌悪に陥りながら胸の中で呟いたそのときだった。

不意に背後から覆いかぶさるようにきつく抱きしめられた。

あまりにも力強く抱きしめられたため、まともに息すらできない。

「……そんなにも私のものになるのはいやか？」

「っ⁉」

苛立ちを滲ませた低い声に傷心が滲んでいることに気付いたシシリィは驚きを隠せない。

絶対君主の名を欲しいままにしている男の言葉とは到底思えず、どういうわけか胸を鋭いナイフで突かれたような痛みを覚える。

「……私がどんな思いで君のスピーチを聴いていたか、君は知りもしないのだろうな」

（え？）

思いつめたような声で囁かれた瞬間、胸がどくんと爆ぜる。

「あれが私をくるわせた。どんな手段をもってしても必ず君を独占してみせる――そう覚悟を決めさせた」

迸るような情熱を剥きだしにした彼の言葉に血が沸騰する。

これほどまでに強い情熱を寄せられたことは今までになかった。だから、どう応えたものか分からない。

「……そんな素振り……少しも見せなかったくせに……」

「あのとき最優先すべきは私の事情ではなかったからな。君はそれどころではなかった」

「…………」

自分のためにまさか彼が本心をポーカーフェイスの仮面で隠していたなんて……思いもよらなかった。彼の言葉の一つひとつが胸の奥へと突き刺さってくる。

「だが――さすがにもう待てない。君を私だけのものにしたい。名実共に――」

「どうして、そこまで欲しがることができるの……手に入らないかもしれないのに」

欲しいものに拒絶されるかもしれない。その不安と恐怖は身に沁みている。だからこそ、どこまでも自分の欲望に正直に従おうとする彼が理解できない。

「必ず手に入れてみせる。今までだってそうしてきたし、これからもそうだ。例外はない」

「――っ⁉」

ゼノンの揺るぎない言葉を耳にした瞬間、雷に打たれたかのような衝撃を覚える。

シシリィは後ろを振り向き、肩越しに彼を見た。

自信に満ちた強いまなざしを持つ赤い瞳。それはルビーのように輝き、まっすぐな情熱を宿している。

憧れと嫉妬がないまぜになり濁流となってシシリィを呑み込んだ。

苦しそうな表情は、瞬く間に氷のような冷ややかな表情へと転じ、皮肉めいた笑みが口端に浮かぶ。

つい先ほどまでの動揺が嘘のように消え去り、代わりに憎しみが身体の奥底で煌々と燃え上がり始めた。

「……大した自信家ね。どれだけ欲しても手に入らないものだってあるわ」

「君が私の求婚を断るならば、ケルマーへと即刻攻め込み力ずくで統合するまでだ。私の妻になるか、捕虜となるか？　それだけの違いだ。どんな手を使ったとしても、私は必ず君を手に入れてみせる」

「…………」

凄みを帯びたゼノンの脅しも、不思議ともはや恐ろしいとは感じない。

憎しみや怒りといった負の感情がこれほどまでに強い力を持つとは知らなかった。

（この傲岸不遜な絶対君主に、心の底から欲しいと願うものをどうやっても手に入れることができないと思い知らせること。これが今の私にできる精一杯の反撃。最良の選択肢はこれしかない……）

静かに覚悟を決めたシシリィは、長い長い沈黙の後、挑むような微笑みを浮かべて冷ややかに彼へと告げた。

「――分かりました。このお話、お受けしましょう」

「賢明な判断だ」

「せいぜい手に入れたつもりになっていなさい。だけど、どんなに迫ってこられたとしても私の心だけは絶対に貴方のものにはならない。その天井知らずの自信、打ち砕いてみせるわ」

「望むところだ」

ついに――交渉は成立した。

ゼノンはシシリィのヒップを掴みあげたかと思うと、すでに硬くそそり勃起った半身を割れ目へとあてがった。

恐ろしいほどの硬さと熱とに、シシリィはびくっと強い反応を示し反射的に腰を引く。

しかし、ゼノンが手にいれたばかりの獲物を逃がすはずもない。

彼女の腰を自分のほうへと引き寄せると、先端を媚肉へと無遠慮に押し当てた。

「っ⁉」

本能的な恐怖に息をもころすと、シシリィは観念してきつく目を瞑(つむ)る。

ひたすらにゼノンへの憎しみを募らせながら。全てはケルマーのためなのだからと、何度も自分へと言い聞かせながら。

その次の瞬間、太い衝撃と共に獰猛(どうもう)な肉槍が力任せに姫壺へと埋め込まれた。

「っきゃ、あ、あぁあああぁぁあああああっ！」

身体の中央で真っ二つに裂かれるのではないかという慄(おのの)きと、鋭い痛みとにシシリィは我を忘れて絶叫してしまう。

あれだけ声を出すまい、反応するまい。全ては狩人(かりうど)を喜ばせるだけなのだからと自分に言い聞かせていたにもかかわらず。

悔しさのあまり涙が滲む。

「——すまない。優しくしてやりたいが止まらない。四年はさすがに長すぎた」

ゼノンは低く呻(うめ)くと、彼女の胸を背後から鷲掴みにして、激しく腰を動かし始めた。

「あっ！　あぁっ！　や……いやぁ……こ、壊れ……ン……あ、あああぁっ！」

息をつく間もないほど性急かつ情熱的な抽送に、シシリィは甘い悲鳴をあげながら、くるっ

たように頭を振りたてる。

　荒々しい衝撃に高い位置で結いあげていた髪が解けていき、彼の動きに合わせて銀色の髪が宙を踊る。

　最初は恐ろしいほどの痛みしかなかった。

　だが、むしろそのままならどんなにか良かったか。痛みが強ければ強いほど彼への憎しみは燃え上がり、国のための犠牲になるのだという崇高な思いにこの恥ずべき行為を正当化できたに違いない。

　だが、痛みはすぐに引いていき、代わりに恐ろしい程の快楽の高波が襲いかかってきた。

「ンあぁっ！　いや、いやぁあっ！　何……こ、れ……あ、あぁン……変……に……なって。あ、あ、あぁあぁあぁっ！」

　肉棒が奥へと叩きこまれるたびに、自分のものとはとても思えない聞くに堪えない嬌声が唇から解き放たれてしまう。

　痛みよりもよほど恐ろしい得体のしれない強烈な感覚に、シシリィは咽び泣くようにしてくるったように身悶える。

　凍てついた表情を保ち、淫らな声を堪えたくとも、もはや自分ではどうにもできない。

「思う存分くるうがいい――何もかも忘れて。今、君を支配しているのはケルマーではない。この私ただ一人だ。私だけを感じなさい」

ゼノンは乱れたプラチナブロンドに顔を埋めると、いったん抽送を中断し、太い屹立でねっとりと掻き回すように腰を動かしてきた。

奥をがむしゃらに突かれるのとはまた異なった妖しい興奮がシシリィに襲い来る。

「や……あ、何……を……して……駄目、掻き回さない……で。や、あ、あぁ……」

「どこまでもあまのじゃくな人だな。だが、ここまで頑固だとかえって分かりやすい。つまるところ返事の逆が本意なのだろう？」

ゼノンは息も絶え絶えになってテーブルにしがみついているシシリィの反応を楽しむように腰を回しながらゆるゆるとピストンを再開させる。

亀頭で腹部側を抉られた瞬間、尿意にも似た感覚に襲われ、シシリィは顔をくしゃくしゃにして喘ぐ。

「っ!?　そ、こ……いや……洩れて……しま、う……のに……やめ……て」

「ここをもっと責めて欲しいというおねだりか――いいだろう。我慢せずに洩らしてしまえばいい」

「そんな……こと言ってな……あ、あああっ！」

彼の言葉を否定しようとした瞬間、さらに強く深く姫洞を抉られてそれを封じられる。

「そうやって周囲から期待される自分を演じずともいい。私はありのままの君の姿を見たい。感じたいのだから」

ゼノンが諭すような口調で言いながら、シシリィの全てを曝け出すべく、本格的に腰に力を込めて奥を穿ち始めた。

「ひっ⁉　あ！　あぁっ⁉　ン、あ、あぁ……や、やぁ……あ、んぁっ！」

あまりにも力強い深すぎるピストンに、シシリィはサファイアの目を見開くと、鋭い嬌声をあげながら取り乱してしまう。

頭と顔が内なる炎に炙られたかのように熱く燃え上がり、脳が融けてしまったかのように何も考えられなくなる。

姫洞の腹部側のざらついた壁と子宮口とを同時に執拗なまでに攻められ、数えきれないほど昇り詰めてしまう。

しかも、その間隔は加速度的に狭まっていく。

破瓜の痛みは完全に消え失せ、シシリィは本能を剥きだしにされた自分を恥じながらも、嬌声を上げずにはいられない。

思い通りに振る舞えない自分を恥じながら、その細い体躯を切なげにくねらせては、全身をこわばらせて絶頂を迎える。

二つの影が一つへと重なり合うたびに、湿った淫らな音がして、つなぎめから迸り出る大量の愛液がコブラン織の絨毯へと滴り落ちていく。

高価な絨毯に沁みができてしまうが、ゼノンはお構いなしにシシリィの全てを支配すべく、雄々しい攻めの手をけして緩めようとはしない。

むしろ、シシリィが乱れれば乱れるほど、さらに腰を強く激しく、壊さんばかりに打ち付けていく。

めくるめく悦楽の渦の彼方(かなた)から、さらなる絶頂の波頭が見えたかと思うと、容赦なくシシリィを呑みこんだ。

「あああぁっ⁉　もうっ！　駄目っ！　洩れ……や、あ、あぁあぁああ！」

一瞬、腰が浮くような感覚の後、深い快感が押し寄せてきた。

下腹部に力を込めて、必死に瀬戸際で守り続けてきた最後の防波堤までもが強い衝撃に決壊し、太い肉栓をされているにもかかわらず、大量の蜜潮が溢(あふ)れ出(で)てきてしまう。

「あ……あっ……あぁ……」

上ずった声を洩らしながら、シシリィは天井をすがるように見つめた。

しかし、サファイアの瞳は頼りなく揺らぎ、焦点はまるで定まっていない。

「シシリィ……君の全てが欲しい」

熱を帯びた声を放つと同時に、ゼノンはシシリィのヒップを鷲掴みにした状態で下半身のこわばりをひと思いに解き放つ。

刹那、灼熱(しゃくねつ)の迸りが破瓜したばかりの姫洞を白濁一色に染め上げていく。

「っは……あ、あ、ぁ……熱……い。ン……ンン……」

シシリィは眉をハの字に下げたまま、切なげな表情で顎を突き上げ、白い喉元を無防備に晒した。しなやかな手足が突っ張った状態で硬直し、全身に震えがはしる。

強くいきみすぎたせいだろうか？　視界に影がかかり、ぐらぐらと揺れ始めた。

熱いもので身体の奥が満たされていくのを感じながら、ぐったりと体躯を弛緩させ、机の上に上半身を伏せる。

「これで交渉成立だ。ついに君を私のものにしてしまった――」

感慨深い満ち足りたため息をつきながら、ゼノンも彼女の背中へと折り重なるように上半身を預けた。背中の隅々にまで愛おしげにキスをしながら、絶頂の余韻に浸る。

「……勘違い……しないで。私の心は貴方のものじゃない……征服した気にならないで」

「今はそれでいい。勘違いから始まる恋もある」

「うぬぼれないで……そんな偽りの恋なんて……」

「君にとってはそうでも私にとってはそうではない。本物を教えてあげよう」

「……っ!?」

カッと頭に血が昇る。

一体彼のこの自信はどこから来るのだろう？

シシリィは彼への激しい嫉妬に自分自身がこわくなる。

何にも期待はしない。諦めてきた自分の心は氷のように凍てついていると思っていた。まさかその奥にこれほどまでの激情が燻（くすぶ）っていたとは思いもよらなかった。

（なぜこの人はこんなにも私を苛立たせるの⁉）

今までにこういった種の人間は皆無だった。

大抵の人間は少し突き放すだけで自分から離れていった。

それなのに――ゼノンはどれだけ拒絶してもなお迫ってくる。

「君に女王の仮面は相応（ふさわ）しくない」

「………」

ゼノンが耳元へ侮辱めいた言葉を囁いてきた。

シシリィは机に上半身を預け切ったまま、肩越しに彼を睨（にら）みつける。

だが、あまりもの激しい交わりに息があがりきっているため、毒づきたくともまともに言葉を紡ぎだせない。不明瞭な呻きとも喘ぎともとれる声が洩れ出るのみ。

「いい表情だ――もっと俺を憎むがいい。憎しみも怒りも凍てついた心を溶かす糧となる」

ゼノンはシシリィの背中へと唇と舌を這（は）わせていったかと思うと、再び熱を込めて腰の抽送を始めた。

「う、そ……まだ……する……なん、て……」

ようやく恐ろしくもくるおしい行為が終わったのだと安堵（あんど）していたシシリィの全身へと震えが拡（ひろ）がっていく。

熱い滾りを解き放っていったんはおさまっていた彼の半身は、瞬く間に力強さを取り戻していき張り詰めんばかりに肥大していった。

雄々しい肉槍は柔らかな秘穴を押し拡げては奥を目指し、引き抜かれるときには姫洞の奥に息づく感度の壁を深く抉り、シシリィを再びいやらしい高みへと押し上げていく。

一突きされるたびに、先ほどよりもより深くくるおしいまでの快感が肥大し、シシリィはテーブルクロスをきつく握りしめて身悶える。

「あ……ンっ⁉　深……い。あ、あぁあ……ン、うぅ……深すぎ……る……」

ゼノンの腰の動きに合わせて、無意識の内に身体が前後へと揺れてしまう。

より深くつながり合うたびに、意識が混濁していき、視界が歪む。

「まだまだ、こんなものでは四年分の渇きは満たされない。君の唇を奪ったあの夜、何度あのまま攫ってしまえばよかったと後悔したかしれない。私の辞書に『後悔』という言葉を刻み込んだのは君が初めてだ」

ゼノンはまるで獣じみた息をつきながら、胸の内を明かし、腰の律動をよりいっそう加速させていく。

「やっ⁉　あぁあぁあっ！　も……う、駄目……や、あぁあぁ……ン、ゆ……」

赦して――そんな言葉が唇から零れ出てきそうになり、必死に奥歯を噛みしめて唇を引き結んでかろうじてやりすごす。

（こんな横暴な振る舞いに屈するなんてありえない。私はケルマーの女王なのだから。彼の思い通りになんて……誰が……）

理性のかけらを掻き集めて剥き出しにされた本能に抗おうとするも、肉棒の猛々しい振動に恥ずかしい声をあげては鋭く達してしまう。

感じたくないのに、無理やりエクスタシーの極みへと追い立てられ、せっかく掻き集めた理性のかけらも再び散り散りになる。

女に生まれたことを呪いながら、シシリィはゼノンの執拗なまでの愛撫とがむしゃらなピストンに際限なくイかされてしまう。

息もまともにつけないほどに彼の苛烈な責めは延々と続き、一向に終わる気配がない。

「あ……あ、ン……んぁ……あ……や、ぁ……ンぅう……ん」

喘ぎ声も嗄れ果て掠れた声しかでなくなっても、なおもゼノンは果てずにシシリィをむさぼり続ける。

（これ以上は……も、う……死んで……しま……う）

破瓜を迎えたばかりの姫壺は熱い肉杭をひっきりなしに打ち込まれて、すでに痺れ切っていた。にもかかわらず、絶頂を上書きされればされるほど貪欲なまでに彼の半身を絞りたててしまう。

「もう君は私の味を覚えたようだな——驚いた。二度と忘れられないように覚え込ませて、私なしではいられない身体にしてあげよう」

「……や、やめ……て。それ……だけは……」

こんなにも激しい交わりを渇望してしまうようになった自分を想像して怖くなる。

（そんなことされたら、私が……私でなくなってしまう……）

それはどんなに強い薬漬けにされるよりも恐ろしいことのように思えてならない。だがその一方でどうしようもなく惹かれてしまうもう一人の自分に気づいてしまったシシリィは愕然とした。

刹那、姫洞がきつく収斂し、肉襞が肉棒へと絡みつく。

「──ああ、だいぶ素直になってきた。急かさなくともいい。夜はまだまだ長い。君が望むならば何度でもしてあげよう」

ゼノンは淫らに蠢く膣の抵抗を上回る力を以て、太い肉棒を一心不乱に穿ち始めた。

ひっきりなしにくるおしい高波に呑まれるたびにシシリィの意識はとんでしまうが、子宮口をぐりぐりと亀頭で抉られるたびに我に返ってしまいなかなか気絶できない。

いっそ気を失ってしまえば楽になれるのにと思うが、ゼノンはそれを赦さない。

ありとあらゆる体勢、角度を以て最奥を攻め立て続ける。

（この人は……こんなにも私のことを……）

憎んでいたのだ──気絶すら赦さないあまりにも激しすぎる抽送に思い知らされる。

やがて、何もかもが享楽の彼方へと遠のき、全てのくるおしい感情が境界をなくし、一つへと融け合ったそのときだった。

ようやくゼノンは再び己の全てを解放する。

熱い体液が身体の芯に迸り出て、シシリィの秘所を侵していった。

「っ⁉ あ、あ、あぁあぁっ！ 熱……っ……ンぁあぁ！」

シシリィは我を忘れて彼の逞しい腕に爪を立てると、くるおしい嬌声を発し、華奢な身体を淫らに波打たせながら絶頂を迎えた。

「っ……あ……あ……ぁ」

蜜壺が何度もきつく収斂して、白濁を味わいつくそうとでもするかのように肉棒を物欲しげに締めつけるのを恥じながらも、もはや自分ではどうすることもできない。

甘い呻き声を上げながら、深い喜悦の奈落へと堕ちていく。

「――シシリィ、君を独占していいのはこの私だけだ」

ゼノンは低い声を震わせると、最後の一滴まで最奥へと注ぎ込もうとでもするかのように、彼女の細い腰をより深く抱え込んだ。

そして、深くつながったまま腰をグラインドさせた。

欲望を吐き出したばかりの先端に最奥を抉られ、シシリィは声ならぬ声をあげてしどけなく身を捩る。

その様子が再びゼノンの本能を煽り立てた。

ゼノンは獣のような息をつきながら、生まれたての小鹿のように震える彼女の片足を抱えると、再び腰の抽送を始めたのだ。

「い、や……もう……赦し……ンあっ！　あぁあぁあああぁっ！」

女王としての自尊心すら打ち砕かれたシシリィが逼迫した表情で助けを請おうとしたが、その言葉すらあまりにも激しい律動に封じられてしまう。

猛獣と化した絶対君主を止められる者は誰もおらず、またその術もないことをシシリィは身を以て思い知らされる。

もしかしたら自分はとんでもない契約を結んでしまったのかもしれない――

そう思うが、時すでに遅し。

氷の女王は絶対君主が仕掛けた底なしの罠へとどこまでも堕ちていくほかなかった。

# 第四章

ケルマーの女王とアルケミア国王の突然の婚約に世間はおおいに賑(にぎ)わっていた。

本来、女王への求婚は禁じられているが、アルケミアの絶対君主は例外だった。

アルケミアはもちろんのこと、特にケルマーの国民たちは、こぞって熱狂的に婚約を歓迎した。

近年、恐ろしいほどの勢いで勢力を拡げている大国の後ろ盾があれば安泰だと。これぞまさしくケルマーにとって最高の結婚だと――

国の合併に関しても、デメリットよりもメリットのほうが大きいこともあり、世論は圧倒的に賛成に傾いていた。

「……皆の総意がアルケミアとの結婚ならば私はそれに従うまで。これは国同士の結婚であって、個人の意志は関係ない……皆のためになるなら……それが一番」

シシリィはぼんやりとした表情で呟(つぶや)くと、テーブルへと所狭しと拡げられた陶製のチャームをつけたネックレスやイヤリング、タイピンなどを眺めていた。

どのアイテムにもシシリィとゼノンの肖像画と国旗とが描かれている。それらは二人の婚約を祝う品々で、数えきれないほど多くの業者から献上されたものだった。

いかにも仲睦まじく寄り添うように描かれた肖像画を見て、シシリィは苦々しいため息をついた。

(何もかも偽りばかり。真実はどこにあるの？　皆、あの人の本性を知らないから祝福できるのだわ……あんな恐ろしい絶対君主……これは形を変えた侵略行為に他ならないのに……どうして誰も疑わないの？)

侵略行為——という言葉にひきずられて、彼に犯されるように激しく抱かれたときのことを思い出すと心臓がどきりと跳ねた。

息もできないほど情熱的なキス。乱れたドレス、呪わしいほど悩ましい声。

獣のような体勢で身体の奥を突き上げられるたびに、頭の血管が切れてしまうのではないかというほどいきんでしまい、絶頂を次々と上書きされていったこと……。

恐ろしいほどの愉悦の果てに自尊心を砕かれ、助けを乞おうとしてもなお恐ろしい侵略は続行されたこと。

彼に征服されたあの夜の記憶の断片が次から次へと生々しいまでに蘇(よみがえ)ってきて、シシリィはぶるりと身震いすると、両腕を抱きしめるようにして熱い吐息をついた。

(最悪だわ。あんな恐ろしい行為……思いだしたくなんてないのに……何度も思い出してしまうなんて……）

忘れたいと強く願うが、あんな強烈な経験を忘れることができるはずもない。

まさか自分の身にあのように恐ろしい出来事が降りかかってくるなんて、あの晩までは思いもよらなかった。

身も毛もよだつ恐ろしいこと。忌むべき秘密の行為。

そのはずなのに、思いだすたびに顔と身体が熱く火照り、いても経ってもいられないような疼きに襲われてしまう。

そんな自分が心底腹立たしくて、シシリィは眉根をきつく寄せて唇を噛む。

と、そのときだった。

ドアがノックされて返事をすると、見るからに舞い上がった様子のトリーが部屋の中へと勇み足で入ってきた。

「シシリィ様っ！　婚礼の儀の際にお召になるドレスのデザイン画が届きましたよ！」

「……そ、そう」

トリーの姿に無邪気に尻尾を振る子犬の姿が重なり、シシリィは苦笑する。

「どれでもいいわ。トリーが好きに決めてちょうだい」

「まあ、そんな……恐れ多いですわ。一生に一度の大切なことなのですから、シシリィ様がお選びにならないと！」

「…………」

一生に一度という言葉が思った以上に胸の奥へと突き刺さり、顔をしかめた。

（そう、一生に一度のこと。それなのに……本当にこれでよかったのかしら……）

国のために生涯を捧げるという決意に偽りはない。

加えて、ゼノンが交渉の際に提示してきた選択肢は例えどれを選んだところで、結局はこうなる筋書となっていた。

ゼノンから求婚され、その申し出を受けたと叔父に報告した折にも「よくぞ英断をしてくれた」と手放しで褒められたし、歓迎及び祝福の雰囲気一色に包まれたケルマーを鑑みればきっとこの選択は正しかったに違いない……。

だが、それでも時折、不意に後ろめたい気持ちに駆られ、自分の選択肢が果たして本当に正しかったのかどうか不安になる。

もっと他に良い選択肢があったのではないかという疑惑の念に駆られてしまう。

なにせゼノンとの交渉は誰にも口外できないほど淫らなもので、明らかに常軌を逸したものだった。

あんないかがわしいやり方で結ばざるを得なかった契約結婚だと国民に知られても、彼らはこの結婚を祝福するのだろうか？

そんな疑いをどうしても拭い去れない。

（あんな恐ろしい秘密を黙ったままでいるなんて……皆を欺いていることになるのでは？　しかも『国と結婚する』なんて偉そうにスピーチで宣言しておきながらこの有様って……）

自分としては、あくまでも国益を最優先させた結果の結婚であり、そこに矛盾はないつもりではいるが、受け取り手によっては——例えばトリーのような何でもかんでも恋愛のバイアスをかけてロマンティックな夢想に耽るタイプにはあらぬ誤解を受けていそうで……。

いったんそんなことをあれこれ考え始めると、いてもたってもいられない気持ちになる。

シシリィはソファの肘かけにもたれかかると、物憂げにぽつりと呟いた。

「……本当にこれでよかったのかしら。もっとよく考えて慎重に返事をすべきだったのかも」

それをゼノンが許すとはとても思えないが——という言葉は胸の内にとどめておく。

彼のことを全肯定しているトリーに少しでも彼を批判するようなことを言えば、また斜め上のとんでも理論で庇うに決まっているからだ。不毛な争いは避けたほうがいい。

「分かります。結婚ってそういうものですから。どうしてもあれこれ夢見てきたものと現実とを照らし合わせていろいろ悩んでしまいますよね」

「別に結婚に期待なんてしていなかったけれど。女王としての役目を果たせればそれでいいって思ってたし……」

トリーはくすりと笑ってシシリィの横へと腰を下ろすと、そっと彼女の肩に手を置いて夢見るような口調で言った。

「シシリィ様、大丈夫ですよ。それはマリッジブルーというものですわ」

「………」

またトリーのいつもの悪い癖が始まったと、シシリィはげんなりする。

「……違うわよ。そんないいものではないわ」

「ああ、マリッジブルー！　懐かしいです。私も最後の最後まで悩みましたもの。本当にこれでよかったのかしらって。何もかもが不安で……だけど期待もいっぱいで……」

トリーは昔を懐かしむような遠い目をして歌うような抑揚で滔々と自分の武勇伝（？）を語り始めた。

シシリィはその大半を聞き流していたが、彼女の最後の〆の言葉はそうもいかなかった。

「……とまあ、いろいろ不安になることも多いでしょうけれど、大丈夫ですよ！　愛さえあれば大抵のことはどうとでもなりますから♪」

（それがないから大問題なのよっ！）

つい胸の内ですかさず突っ込みを入れてしまう。

（愛なんてないわ。私と彼の間にあるのは……憎しみだけ……）

不意に胸の奥がちくりと痛み、居心地の悪さに顔をしかめた。

何にも期待しなければ傷つくこともないはずなのに。

「とにかくゼノン様がシシリィ様のことを誰よりも深く愛されていることだけは確かですから

きっと大切にしてくださるに決まっていますわ！　何も心配いりません！」

「……どうしてそう断言できるの？」

「それはもうっ！　女の直観ですわ！」

「………」

誇らしげに断言するトリーにシシリィは脱力する。

(愛とか……女の直観とか……あまりにもアテにならなさすぎる)

と、不意にトリーが真顔になったかと思うと、シシリィを優しく抱きしめてきた。

「トリー？」

「……シシリィ様が『ケルマーと結婚する』なんて仰ったときには本当に心配したものですけれど、ちゃんと救ってくださる王子様が現れてよかったです」

感極まった彼女の言葉に胸が詰まる。

(いつの間にか、こんなにもトリーに心配をかけていたなんて……)

「シシリィ様には他の誰よりも幸せになってもらいたい。そう願っています。今まで大変だった分、辛かった分、きっと幸せになれるはずです」

「………」

まさかの不意打ちに、目頭が熱くなり、鼻の奥が絞られたように痛くなる。

こんなにも近くに自分のことを見守り続けていてくれた存在があったのだと、今更のように気づく。

（トリーの期待には応えたい……だけど、幸せってものがどんなものかもよく分かっていない私に……果たしてそんなことができるのかしら……）

こんなことを口にしてしまえば、きっと彼女を悲しませてしまうに違いないと思い、シシリィは胸の中で呟いた。

トリーを悲しませたくない。期待に応えたい。そのために自分がすべきことは……と、必死に考えを巡らせる。

（……幸せになれるかどうかは分からないけれど……幸せになったフリを貫くことくらいはできるはず……）

机に置かれたマグカップに描かれた自分の姿を眺めながらそう思う。

ゼノンの横で満ち足りた表情で微笑む花嫁として描かれた自分——これこそ、トリーのみならず皆が望む自分の姿に違いない。

真実はそこにはない。だが、例え紛い物であっても人を喜ばせることはできるのだ。

否、むしろ紛い物だからこそできることもある。

（今の私がすべきことは、真実を明るみに出すことじゃない……皆が私に望む形の幸せの仮面を被ること……期待に応えること……）

皆を欺いているような気がして、今まで塞いでいた気持ちが軽くなっていく。

「トリー、ありがとう……頑張ってみるわ……」

シシリィがぎこちなくトリーに微笑んでみせると、彼女の顔に満面の笑みが浮かんだ。

「私もめいっぱいお手伝いしますから！　一緒に頑張りましょう！　とりあえず、まずは最高のお式にしませんとね！」

トリーは腕まくりをする素振りを見せると、デザイン画を束ねた羊皮紙を拡げて、シシリィへとうれしそうに見せてくる。

「なんといっても結婚式の主役はやはり花嫁ですから！　ウェディングドレス選びには力をいれなくては！」

「……そう……でも、こういうのあまりよく分からなくて……」

「シシリィ様にはエンパイアラインのドレスがお似合いだと思いますわ！　小柄で華奢でいらっしゃるから。こちらのドレスなんていかがですか？　裾はたっぷり長くとってレースもたくさんあしらいましょう！」

自分のドレス選びのように熱弁を振るう彼女に気圧(けお)されながらもシシリィは頷(うなず)いてみせる。

「……任せてもよいかしら？　私はトリーのセンスを信頼しているから」

「まあ、褒めてもなんにもでませんよ！」

口ではそう言いながらも、彼女の丸っこい鼻は得意そうにピクピクと動いていた。

それがなんだかとてもおかしくて、シシリィは思わず声をたてて笑ってしまう。

（こんな風に笑えたの……久しぶりかも……）

しみじみとした喜びが胸の中へと広がっていき、救われたような気になる。

（ローザもケルマーのためにたった一人で遠くへと嫁いでいったのだもの……私にだってきっとできるはず……）

シシリィは自分にそう強く言い聞かせると、偽りの仮面を被る決意を徐々に固めていく。

遠方に嫁ぎ、もはや直接連絡もとれなくなってしまった妹姫へと思いを馳せながら――

アルケミア国王とケルマー女王の婚礼の儀はアルケミアの大聖堂で華々しくとりおこなわれた。

たっぷりとレースがあしらわれたドレープが美しい純白のウェディングドレスに身を包んだシシリィは、凛としたたいでたち、美しい所作で大聖堂を埋め尽くした人々たち全てを魅了していた。

手にはライラックとカサンドラでつくられたキャスケットブーケ。頭にはゼノンの母から譲り請けてリメイクした豪奢なティアラ。

プラチナブロンドを編み込んで一つにまとめてライラックの花を連なるように飾り、ヴェールを留めている。

エンパイアラインのドレスのトーレーンの長さは五メートル。トリーを始めとするブライスメイドたちが恭しく裾を持ちあげて、花嫁の歩みを助けている。

ドレスの胸の下に当たる切り替え部分にたっぷりとあしらわれたビジューとティアラにはめまれた大粒のサファイアはまばゆい輝きを放っていたが、シシリィの双眸はそれ以上に力強く輝いていた。

しかし、それはこれからの新婚生活を夢見る新婦のものではない。

強い決意と――憎しみの輝きだった。

シシリィはドレスの裾に潤沢にあしらったレースと同じ縁取りのヴェール越しに、ゼノンを見据えていた。

見つめるというよりも、見据える、睨みつけるという表現のほうが正しい。

そんな花嫁の挑むようなまなざしを不敵な笑みで受け止めているゼノンは、赤色をした礼装用の軍服に身を包み、優美な意匠を凝らした束を持つサーベルを腰に下げている。

斜めがけにした幅広のリボンはサファイアを思わせる深い青色で、式典用の軍服の胸元に飾られた勲章の数々は彼の武勇を無言のうちに物語っていた。

国王でありながら、軍隊の総指揮官でもあるゼノンのいでたちは、まさに圧倒的な力を誇る絶対君主に相応しいものだった。

巨大な力はしきたりや規則までも変えてしまう。この結婚がいい例だ。

(何でも自分の思い通りになると思っているのだろうけれど、この私だけは違う)

自分へとそう強く言い聞かせると、シシリィはゼノンへと冷ややかな笑みを浮かべてみせる。

永遠どころか愛なんてかけらもないのに——と、大司教の説教を聞きながら胸の内で独りごちる。だが、そもそも愛がどんなものかも知らないし、知りたくもない。

シシリィは募る苛立ちに眉根を寄せながら、心ここにあらずといった様子で司教に促されるまま、「永遠の愛」を口に出して誓った。

偽りの誓いを口にすることは、神に対する裏切りのように思えて恐ろしくなる。

しかし、こうする他にケルマーを守る術はないのだから仕方ないと自分を納得させる。

国と結婚するということは、自分というものをころし、国民の総意に従うべきなのだと。

(皆が望む仮面を被るのが……私の役目……)

シシリィは気丈な微笑みを浮かべると、指輪の交換のために絶対君主へと向き合う。

ゼノンは彼女の手をとると、丁重にグローブを外し、結婚指輪を薬指へとはめた。

その瞬間の満ち足りた誇らしげな彼の表情に、思わずシシリィは目を奪われてしまう。

(……私は……貴方のものになんかけしてならないと言っているのに……どうして……そんな顔をするの⁉)

極力、彼に対しては無反応を貫きたいのに、心がざわつき胸がきつく締め付けられるのが悔しくてならない。

やがて、誓いのキスをするためにゼノンの手が彼女の顔を覆うヴェールへとかけられた。

刹那、シシリィは反射的に肩をビクッと跳ね上げる。

燃えさかる炎を宿したような二つの瞳がシシリィのサファイアの双眸を鋭く射抜いた。

このまなざしに捕われてしまえばもう逃げられない。

シシリィは口惜しそうに歯噛(はが)みしながらも、彼から目を離せなくなる。

ゆっくりと彼の整った男らしい顔が近づいてくる。

やがて、唇が触れ合った瞬間、全身に電流がはしり頬(ほお)が熱を帯びた。

いつもとは違う触れ合うだけの穏やかなキス。

それなのに呼吸が乱れ、眩暈(めまい)を覚える。動悸(どうき)が加速して全身に反響する。

と、そのときだった。

彼の舌先が不意にシシリィの下唇をつっとなぞってきた。

「っ⁉」

淫らなキスを警戒したシシリィは、慌てて唇を彼から遠ざけた。

が、直後、からかいを含んだゼノンの目に気づき、目を吊り上げる。

ゼノンはくっくっと笑いを噛みころしながら、そっと彼女に耳打ちしてきた。

「――いつものキスはもう少し後までお預けだ。いいね？」

まるで幼い子供を諭すような口調に、シシリィの頭に血が昇る。

（誰が！　あんなキスを欲しいと⁉　そんなこと一言だって口にしていないのに！）

一方的な決めつけに腹を立てるも、今は婚礼の儀の最中。きつく侮蔑の念を込めて彼を睨みつける他に反抗する術はない。

悔しそうに唇を嚙み締めたシシリィの手を再度とると、ゼノンは周囲へと鷹揚に笑みかけながら石床に敷かれた赤い絨毯の上を紳士的にエスコートしていく。

祝福のファンファーレが聖堂の高い天井へと吸い込まれていき、結婚の儀を見守っている招待客へと降り注ぐ中、花嫁ただ一人だけが険しい表情をしていた。

婚礼の儀、パレード、晩餐会と、気が遠くなるほど長い長い一日を終えた後――ようやく王妃の寝室へと戻ったシシリィは、ソファに身を沈めるように腰掛けて深い息をついた。
気を張り詰めていたときには感じなかった疲労が怒涛のごとく押し寄せてきて、そのまま気を失ってしまいそうになる。
「シシリィ様、さぞかしお疲れでしょう。すぐにお茶をお持ちしますわ。少し休まれた後、湯浴みに致しましょう」

「……トリー、ありがとう」

本当はお茶も湯浴みも抜きにして、着替えもせずにこのまま眠ってしまいたいほどくたびれていたが、トリーに心配をかけまいと残る力を振り絞って微笑んで応えた。

戴冠式を上回る緊張を長時間強いられて精根尽き果てていた。

ソファに腰掛けただけでまぶたが重くなり、舟を漕いでしまいそうになる。

だが、ここで気を抜くわけにはいかない。むしろこれからこそが本当の戦いなのだから。

そう、花嫁が果たすべき義務がまだ残っている――そのことを考えると、心臓が太い鼓動を刻んで胸が苦しくなる。

(こんな疲労困憊の状態でこの間みたいに襲われてしまったら……本当に死んでしまうかもしれない……)

何度達しても果てることなく延々と獣のように獰猛に襲いかかってきたゼノンを思い出すだけで脳が痺れたようになってしまう。

あの晩の強烈な記憶は、遅行性の媚薬のようにシシリィを蝕んでいた。

心がいくら拒絶しても、身体が彼を覚え込んでしまっている。もはや条件反射的に反応してしまう自分が恨めしい。

シシリィが物憂げに目を伏せるのをトリーは温かな目で見守っていた。

「明日一日はご公務も入っていませんし、今夜は心おきなくゆっくり休んでください」

「……それができたらよいのだけれど……無理そうだわ……」

「あらあら……それはそれは……」

頬を赤らめて恥ずかしそうに視線を彷徨(さまよ)わせるトリーにシシリィは慌てて言葉を重ねる。

「ち、違うのよ！　そういう意味では……」

「いいえ、シシリィ様、大丈夫です！　トリーはシシリィ様のことは何もかも存じ上げていますからっ！」

「………」

（全然分かってないし！）

シシリィは何度目になるかしれない深いため息をついた。

相変わらずな彼女にうなだれるが、もはや突っ込みをいれる気力も残されていない。

と、そのときだった。

ゴトンと低く響くような物音がしたかと思うと、王妃の寝室の一部の壁が浮き上がってスライドした。

隠し扉から姿を見せたのは、赤い軍服にマントを羽織った国王だった。

「っ⁉　こ、国王陛下っ！」

「――少しでも早く妻に会いたくてね。邪魔をしたなら済まない」

「いえいえいえっ！　邪魔なのはむしろわたくしのほうですわ！　失礼いたします！　どうぞ

お二人でごゆっくり！」

上ずった声で言うと、トリーはシシリィへと意味深な目配せをしてみせ、ドレスの裾を浮かせてゼノンへと一礼し、足早に部屋から退出していった。

「……っ」

トリーを引き留めようと右手をあげたシシリィだったが、それよりも早く扉が閉められ、手が所在なく宙に固まる。

「さすがに随分と疲れているようだな」

「……一体誰のせいだと思っているの？」

「私のせいと言いたいのだろう？」

「ええ、そうよ。分かっているのならば何よりだわ！　あいにく私にはこれ以上何をする気力も残されていないの。だから、出ていってちょうだい！」

顔が熱い。緊張に声が上ずり、自分でも何を言っているのか分からなくなる。

寝室に彼と二人きりという状況が気恥ずかしくて、それを紛らわせるかのように口から言葉が勝手に次々と零れ出てくる。

「相変わらず君は気が強いな。照れ隠しなどしなくても良いものを」

「そんなこと誰もしていないわ！　本当の本当にうんざりするほど疲れているだけなんだから」

「ケルマーの女王ともあろう君がこれしきのことで音を上げたりはするまい？」

「…………」

ゼノンはわざと負けず嫌いなシシリィを煽るような言葉を投げかけながら、ゆっくりとした足取りで彼女のほうへと歩いてきた。

「……音を上げたりなんて……絶対にするもんですか」

「そう来なくてはな――」

ゼノンの口端が不敵に歪むのを目にした瞬間、シシリィは彼の罠にかかってしまったことに気づく。

が、時すでに遅し。

彼はシシリィが腰掛けている一人掛けのアンティークソファの背もたれへと片手をかけて上半身を傾ぐと、彼女のサファイアの瞳を間近でじっと捕えてくる。

赤い瞳の底に揺らぐ炎には、すでに情欲の色が認められ――それに気がついたシシリィの心臓がドクンッと強く妖しく脈打った。

（……その目はやめて……おかしくなる……）

身体の芯がゾクゾクして、陶磁器のように滑らかな肌が粟立つ。

彼の目は魔法の力でも持っているかのようにシシリィの全てを掻き乱してくる。

「それで……一体何の用事？　わざわざ喧嘩を売りに来たの？　初の夫婦喧嘩をしたいという

なら受けてたつわ」

精一杯の虚勢を張るも、声は震えてしまう。

ゼノンは小刻みにわななく彼女の唇を親指でなぞると、切れ長の目を細めて言った。

「君が想像以上に美しくて、一刻も早くこうして触れたかった。独り占めにしたかった。後で存分に襲ってあげようと約束しただろう？」

その熱いため息混じりの低い声には、獣の獰猛さと男の色香とが滲み出ていて、シシリィの雌としての本能に揺さぶりをかけてくる。

「……そんな約束なんてした記憶はないし、お世辞なんて結構よ」

「偽りの言葉ほど無意味なものはないということは君もよく知ってるはずだが？」

「……っ」

ゼノンの唇が耳朶へと触れてきて、シシリィは小さく悲鳴をあげると肩を跳ね上げた。

その些細な仕草が、彼の獣を本格的に目覚めさせる。

耳を遠ざけようとするシシリィへとのしかかり、執拗なまでに彼女の耳に舌を這わせては甘噛みを始めたのだ。

「やっ⁉ 耳っ、駄目……やめ……て……」

「なぜ駄目なのか、その理由を教えなさい。でなければこのまま続ける」

「くすぐった……ン、あ、あぁっ！」

いやらしい粘着質な水音が耳の中で反響して、シシリィの惑乱に拍車をかけていく。わざわざ弱点を敵に教えるようなものだと頭では分かっていても、甘やかな悲鳴を我慢することができない。

耳の凹凸を確かめるように舐められるたびに、妖しい感覚が爆ぜて身悶えてしまう。

「くすぐったいだけではないだろう？　こんなに男を煽るいやらしい反応を見せておきながら白々しい――」

耳の穴へと舌先をねじ込まれた瞬間、シシリィは甲高い声をあげて全身を硬直させた。

「あっ！　あ、あ、あぁああっ！」

「耳だけで達してしまうようになるとは。前途有望だな」

意地悪な言葉に憤りが込み上げて反論しようとするも、より一層執拗な舌付きに耳を責め立てられ、とてもそんな余裕はない。

彼から逃れようと懸命にもがいて顔を遠ざけるが力で敵うはずもなく、何度も襲いかかってくる快感の波にやすやすと呑まれてしまう。

「っふ……あ、あぁ……」

波はさすがに大きなものではないが、下着はすでにしとどに濡れていた。

太股同士をきつく閉じて恥蜜が外に出てこないように試みてはみるものの、耳をしつこく弄られ軽く達してしまうたびにとろりと滲み出てきてドレスを濡らしてしまうのではと焦る。

（たかが耳だけなのに……どうしてこんなになるの⁉）

まったくもって思い通りにならない自分の身体がつくづく腹立たしい。

だが、一番腹が立つのは、そういった術に異様なほどに長けているとしか思えないゼノンだった。

シシリィはせめてもの抵抗として、精一杯の憎しみを込めて彼を睨みつける。

しかし、ゼノンはかえって一層愉しげな表情で彼女を熱を込めて見つめてくるばかり。

「今日一日とっておきの馳走を前にしてずっとお預けをくらっている気分だった。蛇の生殺しとはああいった状態を言うのだな。初めて知った」

「ただ単に……いつもは我慢が足りないだけでしょう……」

「そのとおり。欲しいものは全て手に入れてきたこの私が、四年も待ち、君を奪う機会を窺っていたということがいかに珍しいことか、分かってもらえたなら何よりだ」

「……………」

「本当はもっと早くに君を私だけのものにしたかったのだが——」

言葉を途中で切ったゼノンの表情に珍しく翳りが差したような気がして、シシリィは眉根を寄せて問い詰めるようなまなざしを彼に注ぐ。

だが、それはほんの一瞬のことだった。

彼はどこか人を食ったような皮肉めいた笑みを取り戻すと、彼女の滑らかな頬を包み込むように撫でながら言った。

「しかし、君が傍にいるだけで我を忘れて貪りたくなるのは困りものだな。君は私の獣を呼び覚ます業に長けている」

「……そんなの言いがかりだわ……貴方のほうがよほど……」

そこまで言ったシシリィの頬が、恥じらいに真っ赤に染まった。

「私がどんな術に長けていると思うのかね？」

「っ⁉　し、知らないわ……」

「嘘は感心しないな。君は本物にしか興味がないはずだ。わざわざ信条を曲げてまで仮面を被る必要はない。素直になりなさい。飾りは何もいらないと言っているだろう？」

ゼノンはそう言うと、シシリィの耳朶に光るイヤリングを唇で咥えて外しながら、純白のウエディングドレスを脱がしていく。

やがて、繻子のドレスが床へと落ちていき、シシリィは下着一枚というあられもない姿にされてしまう。

だが、それで満足するゼノンではない。

「これも邪魔だ――」

その場へと跪くと、恭しい手つきでガーターベルトを外して、ほっそりとした足を包んでいたストッキングをも剥いでいく。

このままでは秘所を覆う薄布まではぎ取られてしまう。そうなれば、そこに隠された秘密までもが彼に知られてしまう。

「……や、やめ……なさい！　わざわざこんなことしなくとも目的は果たせるでしょう⁉」

シシリィは強気な姿勢を崩さずに声を荒げると、足の間へと忍んできた彼の手を掴んだ。

しかし、ゼノンはその切れ長の目を少し細めただけでショーツを掴むと、力を込めて毟るように引き裂いた。

「っきゃあぁっ！」

シシリィは悲鳴をあげると、股間と胸を手で隠す。

「――さすがに焦らしすぎたか。よほど欲しかったらしい」

引き裂かれた下着から滴り落ちる蜜を確認したゼノンは、裸の彼女を横抱きにしてその場へと立ち上がった。

そして、天蓋付きのベッドへと運んでいって下ろすと自らもベッドの端へと腰掛け、彼女の左手の薬指に輝く結婚指輪へと口づけて言った。

「今日この日をどれだけ待ち焦がれていたかしれない。ようやく名実共に君を私だけのものにすることができた。もう二度と離さない」

「……何をいまさら……白々しいのはどっち？　無理やり征服したくせに」

真摯な愛の告白に心揺れるも、シシリィは極力それを表に出さないようにわざと冷たい声色で彼を突き放す。

「あれは私を忘れ、国と結婚するなどと宣言した君への罰のようなものだ。しかし、今夜は違う。記念すべき初夜はどこまでも甘い思い出にしなければな――」

ゼノンに顔をのぞきこまれ、愛おしげに頬を指でくすぐられた瞬間、シシリィの胸は激しくざわめいた。

てっきりあの晩のように激しく凌辱されるものだとばかり思っていたのに。こんな風に優しくされるとかえって戸惑ってしまう。

白い頬を赤らめ落ち着きなく目を彷徨わせている彼女を穏やかな表情で見つめながら、ゼノンは軍服の詰襟の留め具を外し、その下のシャツのボタンをも外していく。

太い首、男らしい喉仏、逞しい胸板が顕わになっていく。

ややあって、神話の英雄をモチーフにした彫刻のような裸身が現れ、シシリィは弾かれたように目を逸らして視線を頼りなく彷徨わせた。

そんな彼女の初々しい素振りに目を細めながら、ゼノンは自らの王冠を外し、シシリィのティアラをも外していく。

ただし、花嫁のヴェールだけはそのままにしておく。

シシリィは目の置き所に困り、顔を背けて目を伏せた。

心臓がくるおしい早鐘を奏で、時間が経つのがひどく遅く感じられる。

（別に……初めてではないのだし……ただ調子がくるっているだけ……すぐに済むわ……これはただの義務……それ以上でもそれ以下でもない……）

そう自分に胸の内で言い聞かせながら動悸を静めようと深い息を繰り返すが、息苦しいほどの胸の突きあげは一向に収まらない。

やがて、彼の重みを感じて、シシリィはきつく目を瞑った。

「――そんなに怖がらなくてもいい。私は自分の発言には責任を持つ。ひどくはしない」

「っ⁉」

信じられないような優しい口調で甘い言葉を囁かれ、驚きのあまり目を見開く。

すると、間近に切ない微笑みを浮かべたゼノンの顔があった。

ひたむきに自分を見つめてくる彼に虚を突かれ、シシリィの胸は掻き乱される。

（どうしてこんな表情……いまさらずるいわ。まだ前みたいに無理やりされたほうが……何も考えずに済むというのに……）

思わずそんな考えが頭をよぎり慌てて打ち消す。こんな考えに及ぶ自分が信じられない。

「それとも、前みたいに荒々しく奪われるほうが君の好みというならばそうするが？」

「誰がっ！　そんなこと！」

こめかみや額に優しい口づけを受けながら、まるで胸の内を見透かしてきたような彼の言葉にシシリィは声を荒げたが、言葉には力がこもらず動揺が滲み出てしまう。

「君の瞳を見ていれば分かる。君は本当の自分に嘘をつくことができないプライドの高い女性だからな」

「勝手に決め付けないで。あんな野蛮な方法で無理やりなんて……誰が望むものですか！」

「聞き分けのない。まだそうやって自分を偽るのだな——」

「っ⁉　偽りなんかじゃ！」

「口ではどうとでも言えるが、身体は嘘をつけない。いつまでそんな風に強がりを言っていられるかじっくり試してみるとしよう」

喉の奥で笑いを噛みころしながら、ゼノンは彼女の唇に自身の唇をゆっくりと重ねた。

「ン……」

シシリィは唇を真一文字にしたまま、ぎゅっと目を瞑って顔を背けようとする。

しかし、柔らかな唇についばまれただけで、とろみがかった悦楽の波が押し寄せ、身体が動かなくなる。

（なぜ？　こんな人大嫌いなのに……）

脳天が蕩けるような甘い感覚が押しては引きを繰り返し、まともにものを考えられなくなっていく。

重ねあわされた唇が緩やかにスライドされるたびに、鼻から抜けるような恥ずかしい声が洩れ出て、きつく閉じた唇から力が抜けていく。

やがて、唇よりもさらに柔らかな感触が触れてきた。それに誘われるように、シシリィは無意識のうちに唇を開いてしまう。

舌先同士が触れ合った瞬間、頭の頭頂部が熱されたかのような強烈な感覚に襲われて眩暈を覚える。

「や……ン、っちゅ……ン……っく、う、ぅ」

舌同士がねっとりとした動きで絡み合うたびに、恐ろしいほどの興奮が身体の奥から突き上げてくる。

舌を吸われるたびに、下腹部の奥が妖しくざわめくのを止めることができない。

それどころか、彼への反抗心とは裏腹に、身体は深く淫らな口づけに応じてしまう。

苦悶の表情を浮かべながらもキスに応じるシシリィを愛おしげに見つめながら、ゼノンは彼女のコルセットを緩めて外していった。

やがて、姿を見せたみずみずしい果実を大きな手で包み込みと、やわやわと揉みしだく。

「あ、ン……う……ん……んく……」

前とはまるで別人のような丁重な愛撫に、シシリィは身を切なげに捩りながら鼻にかかったような甘い声を洩らしてしまう。

ゼノンの長い指先が二つの胸の先端のしこりをくすぐったかと思うと、不意に力いっぱいつねりあげてくる。

そのたびにシシリィの身体はいやらしく波打ち、重ね合わされた唇からは吐息混じりの喘ぎ声が放たれる。

（ああ、こんなやり方……駄目……我慢でき……ない……）

荒々しく抱かれたほうがまだよかったと今になって思い知る。

我を忘れるほど、くるってしまうほどの苛烈な責めは理性を奪い去るが、こんな風にじりじりと責められるとなまじっか理性はとどめられたままなため、余計彼を感じてしまい乱れてしまう自分を恥じることになる。

「や……あ……ン……っふ、あ、はぁはぁ……っちゅ……っく……ンン……あぁあ」

いっそ狂ってしまえたほうがいい。そんな強い衝動へと駆られ、シシリィは自ら彼の唇を熱を込めて吸いたてていく。

淫らなキスをねだるような真似なんてはしたないといたたまれなく思うものの、そうせずにはいられないほどゼノンの繊細な指使いは巧みに彼女の性感を引き出していった。

「ン！　ン、ンンンンッ！」

浅くはあるが何度も達してしまうたびに嬌声が喉奥から鋭く突き上げてきて、それを逃がすためにシシリィはより深いキスへと没入しようとする。

だが、それすらゼノンは見抜く。

いったん彼女の唇を解放したかと思うと、顎、喉元――鎖骨と唇を這わせていき、全身へとキスの雨を降らせ始めたのだ。

「あぁあ……い、や……あぁ……」

上ずった声を洩らしながら、シシリィは彼の唇と舌とを感じまいと自らの太股をきつくつねって痛みで気を逸らせようとする。

しかし、その指と太股にもゼノンは唇を重ねて窘めてくる。

湿った秘めやかな音が、シシリィの控え目な喘ぎ声と共に寝室へと沁み込んでいく。

ゼノンは挑むようなまなざしを彼女の顔へと注ぎ、その苦悶と愉悦とに彩られた表情の変化を愉しみながら白磁の肌をじっくりと味わう。

微弱な愉悦が休むことなくシシリィの身体の隅々にまで刻み込まれていく。

彼の唇と舌はみぞおちを這い、薄い肉付きの腹部、足の付け根へと移動していった。

「っ⁉　や！　だ、駄目！　そ……こだけは……」

以前のように秘所を舐められる予感に戦慄したシシリィは、それだけは絶対に防がねばと、切羽詰まった声をあげて両手で覆い隠した。

しかし、ゼノンは彼女の太腿(ふともも)、ふくらはぎ、くるぶしへとゆっくりと舌を這わせていき――

やがて足の爪先を口に含んだ。

「きゃあぁっ⁉」

滑らかな感触に爪先を包まれた瞬間、シシリィは悲鳴をあげて身震いした。まさかそんなところまで舐められるなんて思っていなかったので不意を衝かれてしまう。

　ゼノンは、口に含んだ足の指からその間まで――丹念な舌使いで愛撫していく。穏やかな快感が滲んでくる感覚はまるで遅行性の毒のようにシシリィを苛む。

「や……あ、王ともあろう人が……そんな……浅ましい真似……」

「――この世の男は全て女の奴隷であり国王とて例外ではない。自分だけの女神を崇めたてまつり奉仕する生き物なのだよ」

「っ⁉　ン、あ、あぁあ……そん、な……これが奉仕だなんて……ン、ン、ンンッ！」

　足の指を口に含まれ、舌で指の間をくすぐりながら甘く吸い上げられると、まともに言葉を紡ぐことすら難しい。

（これのどこが奴隷⁉　崇めたてまつるだとか奉仕とか……詭弁だわ）

　憤りが胸を焦がし、反抗心が燃え上がるが、それとは裏腹に身体はどこまでも甘く応じてしまう。

「あっ……っく、う……あぁあっ！」

　全身を小刻みに震わせながら、短く鋭く達し続ける。

　やがて、意識が朦朧としだした頃になってようやく彼は彼女の爪先を解放した。

「もうそろそろ我慢できなくなってきただろう？」

　不敵な笑みをこぼすと、ゼノンはベッドにぐったりと全身を沈ませたシシリィのくるぶしからふくらはぎ、太腿へと、先ほどとは逆に舌でなぞっていった。

シシリィは足を閉じて健気にも抵抗を試みるが、何度も達してしまったせいで思うように力を入れることができない。

そのため、再び彼の淫らな口づけを赦してしまう。

「んん、んんんぁあああっ!? あぁあああぁぁあああぁ！」

真珠に口づけられた瞬間、花嫁の絶叫が寝室へと響き渡った。

シシリィは腰をアーチ状に反らして一度強くいきんだかと思うと、全身を弛緩させて荒々しい呼吸を何度も繰り返す。

じりじりと快感を刻み込まれた果てに、感度の塊というべき肉核にとどめをさされて、深い絶頂を迎えてしまった。

大量のいやらしい蜜が勢いよく外へと出ていき、それをあらかじめ予想していたと思しきゼノンの掌へと受け止められた。

「たくさん出たようだな。私の奉仕が随分とお気に召したようで何よりだ」

ゼノンは上半身を起こすと、嗜虐をにじませた表情で掌に受け止めた愛液をシシリィの胸元へと落として、白い乳房全体へと塗り広げていく。

蜜に濡れた二つの膨らみは、ゼノンの手の動きに応じ、シャンデリアの灯りを反射して鈍くいやらしい輝きを放つ。

甘酸っぱく官能的な香りが鼻をつき、シシリィは顔をしかめる。それは媚薬のように妖しい感覚を増長させていく。

「だが、まだこんなものではない」

ゼノンはシシリィへと見せつけるように濡れた掌を舐めてみせると、彼女の両膝の裏側へと両腕を通して細い腰を抱え込んだ。

不意に熱い塊が敏感な媚肉へと触れてきたかと思うと、無遠慮に中のほうへと食い込んできて、シシリィは声ならぬ声を上げて身をこわばらせた。

（ああ、あの太いのが来る……来てしまう……）

挿入の予感に身構えるも、ゼノンは自らの化身を半分ほど埋め込んだところで動きを止めてしまった。

「……っ⁉」

シシリィは驚きに目を瞠ると、眉をひそめて彼を見上げた。

それと同時に、蜜壺が無意識の内に収斂し、肉槍へと物欲しげに絡みつく。

「おねだりの方法は教えたはずだ」

「っ⁉」

子供にするかのように頭を撫でられ、シシリィはその手を振り払うとそっぽを向いて宙を睨みつける。

　まだ抵抗を諦めていない彼女の様子に肩を竦めると、ゼノンは肉棒の半分をぬかるみへと挿入れたまま、身体を倒して蜜に濡れた膨らみをついばみ始めた。

「う……っく、うぅ……あ、あぁ……や、あ、あぁ。いやぁ……やめ……っ、ンンンッ」

　何度も達して敏感になった身体がわずかな愛撫にも応じてしまい、同時に肉洞が収斂しては意地悪な侵入者を貪欲なほどに締め付けてしまう。

「相変わらず君のここは素直で可愛い。こんなにも甘えてくるなんて男冥利に尽きるというもの。それに引き換え君は本当に強情だな。なぜ欲しいものを欲しいと言えない？」

「っ⁉」

　ゼノンの鋭い指摘にシシリィは息を呑む。

（……いつの間に……見抜いて……）

　宮廷占い師の予言や子供時代のことをトリーから聞いたのだろうか？

　動揺するも、それをひた隠してシシリィは強気に言い放つ。

「……甘えてなんかいないわ！　勝手なこと言わないで！」

「こんなに涎を垂らしておいて白々しいにも程がある」

　ゼノンが突如腰を一度大きく回した瞬間、ぐちゅりという大きな音がして、つなぎ目から愛蜜が大量に溢れ出てきた。

「っきゃ⁉　あぁっ！　いやぁあああ！」

粗相をしてしまったような感覚に青ざめ、シーツをきつく握りしめて恥辱に耐えるシシリィを見下ろすと強い声色で命じる。

「『いや』ではないだろう？　素直になりなさい。夫婦の間に遠慮は無用だ」

「……夫婦、だなんて……私は認めて……いないわ……」

「そうか——だが、君が認めていなくとも他が認めている。そして、君にはその期待に応える義務がある」

一瞬、彼の自信に満ちた目が辛そうに細められた気がして。シシリィはハッとする。

だが、すぐに彼が腰をさらにゆっくりと回し、灼熱の杭(くい)で身体の中心を搔き回(かきまわ)してきたため、とてもそれについて追及できる余裕はなかった。

「やっ……あ、あぁ……ン、はぁはぁ……だ、め。それ……あぁあ」

もっと奥まで欲しくなって困り果てる。

肉槍の挑発に応じてなるものかと思うのに、あの腰が蕩けてしまいそうな強烈な快感は忘れられない記憶として残っていた。

「……あ、っは、あぁ……奥、あぁぁ……奥に……」

恥ずかしい言葉が喉の奥から突き上げてきて、シシリィは悶えながら唇を噛み締める。

あまりにも大胆不敵な焦らしに我慢が利かなくなる。

だが、欲しいものを口にしようとするだけで、嫌な汗が全身へと滲み出て悪寒がはしる。

（どうせ……手に入らないのに……）

本当に欲しいと願うものだけはけして手に入らない。

ずっと自分を蝕(むしば)んできた呪いの予言がなおもシシリィを縛り付けていた。

「奥に？　どうして欲しい？」

浅い腰使いでシシリィを翻弄するゼノンが彼女の顎から頬にかけて舐めあげると、熱い吐息混じりの声で囁いてきた。

「あ、あぁあっ！　分かっている……くせに……」

「その言葉をそっくり君に返そう。君も分かっているはずだ。どうして欲しいか。そのためにはどうすればよいかを」

ゼノンが耳穴を舌でくすぐりながら、乳首を指でつねりあげた瞬間、シシリィの頭の中が真っ白になる。

「っ！　あ、あ、あぁあああっ！　も、もう……駄目ぇえええぇっ！」

悲鳴じみた艶声をあげたかと思うと、自ら腰を跳ね上げるように浮かせてしまう。

刹那、途中まで挿入(い)れられたままの半身が奥へと全部入ってしまった。

「っん！　あぁ、あぁあ！　だ、駄目……っ、ン、これ……や、あぁあぁ、あぁあぁあぁっ、気持ち、い……ンンッ！」

焦らしに焦らされた挙句の最奥への刺激はシシリィの理性を瓦解させ本能を露呈させる。

シシリィの腰は、本能の赴くままくねりながら上下へと波打ち彼を受け入れる。

「――っ⁉　なるほど……言葉にせずとも、こんなおねだりの方法もあるか。いいだろう。心ゆくまでたっぷり味わいなさい」

思いもよらなかった方法で熱烈に求められたゼノンはかろうじて射精の衝動を堪えきると、腰を深く動かし始めた。

「あっ！　あぁああっ！　も……っと。あぁ……いや……駄目なのに……あぁあ……」

ゆっくりではあるが重く雄々しい抽送に、シシリィはしどけなく身体をくねらせながら悩ましい嬌声をあげてしまう。

荒々しく征服されたときとはまた異なった深い悦楽がじわりと身体中へと拡がっていく感覚に焦らされながら高みを目指していく。

「シシリィ、君は私だけのものだ。他の誰でもない――」

情熱的な囁きを口ずさみながら、ゼノンはシシリィの喘ぎ声すら深いキスで奪いつつ、より大胆な腰使いで翻弄する。

太い肉槍が身体の奥を突いては引くたびに体温が上昇していき、シシリィは脳が蕩けて無意識のうちに淫らな言葉を叫んでしまいそうになる。

それを避けるために、無我夢中で彼の唇へすがるように自ら唇を重ねてしまい、それがいっそう彼女を恥じいらせた。

（自分からだなんてはしたないのに……ありえない……）

絶対に彼の思い通りにはなるまいという決心をまたも砕かれ、彼の動きの一つひとつに翻弄される自分を情けなく思う。

もはやシシリィのいつもの気高くツンとした表情は愉悦と自己嫌悪の入り混じったものへと変化を遂げ、それをゼノンの燃え盛るような双眸が見下ろしている。

「あっ、あ、あぁ、も、もう……変……あ、あぁああ、訳が……分からな……ンン、あぁ」

「そのまま何もかも忘れて私に身を委ねなさい。君はただ私に独占されるだけでいい」

シシリィの両手を掴みながら、ゼノンはゆるゆると腰を前後左右へと突き続ける。

その緩慢ともいえる動きに応じて、シシリィの全身も波打ち、奥を突かれるたびに淫らな痙攣が拡がっていく。

何度も達しはするが、あの理性のすべてを粉々に打ち砕かれ、本能ただ一色に塗りつぶされる高みまではいつまで経っても到達できない。

焦らしに焦らされた身体は欲求不満に疼く。

（ああ、駄目……忘れられ……ない。あんなの……忘れられるはずがないのに……あの……絶頂がほしい……）

喉元まで言葉は出かかっていたが、どうしても外へと追いだすことができず、シシリィの半開きになったままの唇はもどかしげにわななくだけ。

「……まだ難しいか。愛する君が欲しいと願うものはなんなりとこの私が与えてみせよう」

「そんなこと……できるはずないわ……私は……本当に欲しいと思うものだけは……絶対に手に入れられないの……欲しいものはなんだって手に入れてきた貴方になんか……けして分からないでしょうけど！」

シシリィは今にも泣きだしてしまいそうな表情で喚くように胸の内を吐露した。

こんな聴き分けのない子供のような姿、誰にも見られたくないのに。

情けない自分にいたたまれなくなる。

「――なるほど、それが君の渇望の理由か。どうやら随分と根が深いもののようだな」

低い声で呟いたかと思うと、ゼノンは本格的にシシリィの腰を抱え込み、一度肉棒が抜け出るぎりぎりのところまで腰を引いた。

シシリィは息をころして身を硬直させる。

「だが、安心しなさい。その根は必ず私が断ち切ってみせよう」

次の瞬間、太く重い一撃が深々と彼女の身体の奥深くへと穿たれた。

「っ⁉　きゃ、あ、あぁああぁああっ！　あぁ、あ、あああぁ！」

姫洞が待ちかねたとでもいうかのように侵略者をきつく締め付け、逃すまいと貪欲なまでに絡みついていく。

そんな自身の反応が赦せなくて、シシリィはその整った表情をくしゃくしゃに歪めながらもなおも必死に声を我慢しようとする。

だが、子宮口を抉られるたびに鋭い声を発してしまい、くるったようによがってしまう。

（こんなの……私じゃない……違う……）

受け入れがたい現実を否定するが、それとは裏腹に彼の情熱的な突き上げに応じて、腰が勝手に悩ましく上下へと動いてしまう。

一方的にされるよりも、抽送とのタイミングが合うたびに深く昇りつめ、血管が破れてしまいそうなほどいきむ。

シシリィは短く速く乱れ切った息を継ぎながら、鍛え抜かれた彼の逞しい肩へと爪をたててしがみついた。

ゼノンはその丹精な顔をわずかにしかめながらも、愛する女性の無言の欲求に嬉々として応じつづける。緩急をつけて翻弄したかと思えば、不意に思いの丈を込めて深くを穿つ。

「あ……あ、あぁ……」

シシリィの視界が歪む。何もかもが真っ白になる瞬間がすぐそこにまで迫っている予兆に全身をわななかせながら声を上ずらせる。

「っ！　あぁあっ！　や、あぁあ、な、何か……来て……も、もう……無理、あ、あン、ン、ンンンンンッ！」

やがて、呂律の回らない舌で淫らに喘ぎくるいながら、シシリィはその瞬間を迎えた。

全身に愉悦の波紋が拡がり、全身硬直の後弛緩する。

すべてが蕩けてしまうかのようなえも言われない解放感に身を委ねると、シシリィは淡いほほえみを浮かべて薄く目を開ける。

世界のすべてが輝いて見える。

いつも自分を縛っている目には見えない鎖が断ち切れ、今の自分ならば何でもできそうな気さえする。

恥辱も憎しみも何もかも、その圧倒的な快楽の頂の前では無力だった。

シシリィは満ち足りた表情で目を閉じた。あまりにも深すぎる絶頂の余韻で下腹部や手足が時折甘く痙攣してしまう。

そんな彼女をいとおしげに見つめると、ゼノンは一つに融け合ったまま唇を重ねた。

その優しいキスにシシリィは安らかな表情で眠りへと落ちて行った。

「……ん、う」
深い眠りの淵から意識が少しずつ浮き上がっていき、シシリィは目を覚ました。
身体の節々が痛くてけだるい。

にもかかわらず、乗馬などに励んだ後のような清々しさも同時に感じられ、その差異に戸惑う。

（私……一体……）

額に手の甲をあてて、ぼんやりと思考を巡らせる。

だが、その巡りはあまりにも鈍く、現状を把握するには至らない。

シシリィは小さなあくびを一つすると、もう一度心地よい眠りに沈もうとする。

だが、そのときだった。背後から聴こえてくるもう一つの寝息に気が付き、ようやく我に返った。

（そうだ……昨晩は……あの人が部屋までやってきて……）

神経を擦り減らす緊張を強いられた長い長い一日のしめくくりを思い出した途端、全ての違和感の正体へと気づいて全身が熱を帯びる。

慌てて目を開くと、先ほどは気づかなかった部屋の様子が目に飛び込んでくる。

ソファにかけられたロングヴェール。そのサイドテーブルには王妃のティアラが置かれている。床には、純白のウェディングドレス。

一気に混濁していた記憶が生々しいまでに蘇る。鼓動が速まり息が乱れ、今すぐここから逃げ出したい衝動に駆られる。

背後で寝ているのはゼノンに違いない。

誰かと一つ同じベッドで夜を明かし、朝を迎えたのは初めての経験で――これからどうすればいいか分からず途方に暮れる。

(どんな顔をして……どんな話をすればいいというの⁉)

いつもどおりに冷ややかに振る舞えばいいのだと自分に言い聞かせるも、初夜で身も心も裸にされ、本能に突き動かされるまま乱れくるってしまった後ではそれも白々しい。

かといって、恋人や夫婦といった気の置けない振舞いも恥ずかしくてできそうにない。

(とりあえず……いったん頭を冷やすべきね……それから考えよう……)

キャビネットに置かれたクリスタル製の水差しを見やると、シシリィはいたるところが痛む身体に鞭打って身体を起こそうする。

だが、そのときだった。

背後から逞しい両腕によって強く抱き締められる。

「っ⁉」

あまりにも強い拍動に息が止まるかに思えた。

(どうしよう⁉　起こしてしまった⁉　それとも最初から起きていて⁉)

「シシリィ……どこへも……行ってはならない。二度と……離さない……」

「……っ⁉」

寝言なのだろうか？

途切れがちに低い声で囁かれた瞬間、胸の奥が熱く燃え上がる。

自分よりも一回り近く年上の相手だというのに。絶対君主と恐れられている相手なのに。

突如、まだ年端もいかない少年に甘えられたような気になり、後ろを振り返って抱き締めたい衝動に駆られる。

こんな感覚は生まれて初めてで――しかも、相手が相手だけに動揺を隠せない。

（ずるいわ……こんな不意打ち。これも計算のうち？　今度は何を企んでいるの⁉）

身構えるが、力いっぱい抱きすくめられた彼の腕の中、背後から聞こえてくるのは規則正しい寝息のみで拍子抜けしてしまう。

「……どこへも行かないわ……どうせそのアテもないのだし……」

唇を尖らせて、小さな声でそう呟いたそのときだった。

「今の言葉、忘れないように」

「っ⁉　貴方、起きてっ⁉」

シシリィが慌てふためいて身体を反転させると、驚くほど近くに彼の整った顔があって、彼女の混乱に拍車をかける。

耳まで真っ赤になってもなおも目を吊り上げてゼノンを睨みつけるシシリィに、彼は穏やかな微笑みを浮かべて「おはよう、シシリィ」と挨拶をしてきた。

その満ち足りた表情にとくんっと胸が甘やかに高鳴るが、それを認めてしまうことは負けを認めるようでどうしてもできない。

　だから、シシリィは挨拶をする代わりに毒づいた。

「寝たフリだなんて……反則だわ……」

「せっかくよく眠れているようだったから、極力起こしたくなくてね」

「……私に合わせてくれなくても結構よ。仕事もあるでしょうに。先に起きたなら勝手に出ていってくれてもまったく構わないわ。むしろそうして欲しいくらいよ」

　口から強気な言葉が次から次へと飛び出してくる。

　が、それらはあくまでも気恥ずかしさをごまかすためのものだとゼノンは気づいているようで、笑いを噛みころしながら彼女の頭を優しく撫でてきた。

　シシリィは仏頂面でそっぽを向くが、彼の手を振り払いはしない。

「君の可愛らしい寝顔を眺めるのは私だけの特権だ。それは例え君であっても侵すことはできない」

「っ！　そ、そんなの見ないで！　悪趣味だわ」

「なぜだ？　あんなにも無防備で愛らしいのに。じっくり堪能させてもらった」

「……っ！」

　それ以上は聞きたくないとばかりにシシリィは自分の耳を両手で塞ぐと不満そうに頬を膨らませる。

常に冷ややかに極力他人を近づけないような振る舞いを心掛けてきたのに、彼に対してだけはこんなにも子供っぽい反応をしてしまう。調子がくるって仕方がない。

シシリィは再び身体を反転させて彼に背を向けようとしたが、力いっぱい抱き締められ、動きを阻まれてしまう。

「な、何よ！　いきなり！」

「朝のキスがまだだろう？」

「キ……そ、んなの、しないわよ！　するわけないじゃない！　勘違いしないで！　私はこの結婚を認めていない！　あくまでも形式上のものとしか思っていないわ！」

どこまで自分をからかえば気が済むのだと憤りも露わに声を荒げるが、ゼノンは余裕めいた態度を少しも崩さず、彼女へと唇を寄せてくる。

「形式上のものでも構わない。毎朝のキスは妻の義務とする」

「勝手に決めないで！　そんなの絶対に……ン、ンンンッ!?」

唇で反論を塞がれ、シシリィはくぐもった声を洩らしながらも必死に顔を背けて彼から逃れようとする。

しかし、ゼノンは彼女を逃がさない。

それは、挨拶のキスとは思えないほど深く官能的な口づけで、シシリィから抵抗する力をやすやすと奪っていった。

ゼノンは彼女の頭を抱えこみ、呼吸すら奪う激しさをもって唇を征服する。

二人は、昨晩の愛の営みの痕を残すベッドで一糸まとわぬ姿で淫らなキスに溺れていく。

「ン、あ……だ、駄目……いけない、わ。こんなこと。朝……だというのに……」

「夜の闇に紛れて愛し合うのもいいが、明るい日の下でというのも一興だ。君のすべてを味わいつくすためにはそのほうが都合がいい」

「やっ……そんな恥知らずなおこない、他の者たちに示しがつかないでしょう⁉」

「私はそうは思わない。むしろ、国王と妃が深く愛し合っていることをしらしめるためにもっとも分かりやすい方法だとすら思うが？」

「……っ⁉」

何を言っても反論を封じられ、唇を強引に奪われる。

やがて、観念したシシリィはついに抵抗をやめ、彼の腕の中で閉じた瞼（まぶた）を痙攣させながら、おずおずと彼の舌を受け入れた。

湿った淫靡な音が豪奢（ごうしゃ）な天蓋を持つベッドの上でしめやかに紡がれる。

（あぁ……また溺れて……しまう）

抗いたいという意志とは裏腹に、身体は彼の全てを覚えていた。

こうして、唇を蹂躙（じゅうりん）されているだけだというのに、奥のほうから恥ずかしい蜜が溢れ出てきて、ベッドのシーツを濡らしていく。

それは彼もまた同じようだった。

熱を帯びた屹立がシシリィの下腹部へと当たっていた。それは早くも獲物を求めて力強くなっている。

半開きになった分厚いカーテンからはまばゆい朝日が燦々と差し込んでいて、ベッドの上で絡み合う二人の裸身を照らし出していた。

日に焼けた肌と透き通るような白い肌とのコントラストがなまめかしい。

やがて、存分にシシリィの唇を味わい終えたゼノンが満ち足りた息をつくと、唇を離して間近で彼女のサファイアの瞳の奥を覗き込むように見つめてきた。

てっきりこのまま再び抱かれてしまうのだとばかり思っていたシシリィは、乱れた息を弾ませながら訝しげに眉根を寄せる。

「……何？」

「いや、今になってようやく君を独占できたのだなと実感して感慨に耽っていた」

「っ!?　だから……私は認めていないって何度も言って……っ!?」

反論しようとするシシリィだが、彼のあまりにもひたむきなまなざしに言葉を失う。

いつもの強引な性格とは真逆と言っても過言ではないこんな無邪気な一面を臆面もなく曝け出してくる彼をまぶしく思う。

「――これでようやく堂々と君を守れるようになった。もう何も心配はいらない。全て私に任せなさい」

「……そんな……責任放棄みたいなこと、できるはずないじゃない」

シシリィの言葉にゼノンは苦笑すると、彼女のプラチナブロンドを一房手にとって口づけをして言った。

「やはりそうか……責任感が強くプライドが高い君ならそう言うだろうとは思っていた。しかし、だからこそ私が守らねばならない」

「それはどういう意味？」

「君が知る必要はない。君はただ私に守られていればいい。他の誰でもない私にだ」

ゼノンの言い回しには何か特別な意図が込められているようで——シシリィはさらに眉をひそめてその理由に考えを廻らせるが、思い当たることは何もない。

（トリーや叔父様に守られてはいけないということ？　でも、それはなぜ？）

ただ単に彼が自分を独占したいだけとはどうも思えない。

首を傾げて懸命に考えを巡らしているシシリィを抱き締めると、ゼノンは彼女の耳たぶを甘噛みしてから囁いた。

「守られる相手を間違えてはいけない——ただそれだけのことだ」

「……今までは間違えていた。そう言いたいの？」

「さあ？」

そう言うと、彼は彼女の耳へと舌を這わせ、耳穴へと舌先をねじ込んでいく。まるで質問の答えをはぐらかすように。

「やっ……あ、あぁ……ずるいわ。私の……質問に答え……て」

彼の唇から耳を遠ざけて抵抗しようとするシシリィだが、その抵抗すら愉しみながら、ゼノンは彼女を再び征服していく。

前戯もせずに、いきり勃った半身を妻の足の付け根へとじっくりと埋めていった。

「や……は、入らな……あ、ン、あ、あ、あぁああっ⁉」

あまりにも性急な挿入は破瓜にもよく似た感覚を呼び起こす。

シシリィはまだほぐされてすらいない秘所へと太い肉棒が無遠慮に食い込んでくる感覚にきつく目を瞑り、引き攣れた声をなんとか少しでもとどめようと口元を押さえながら背筋を弓なりに反らす。

夜とは違って、二人の朝食や着替えの準備のためにさほど遠くないところに使用人たちが控えているはず。

彼らに悟られてはならない。

「全て入った。もうこれだけ濡れていれば大丈夫だ」

半身をおさめきったゼノンが満ち足りた吐息をつきながら、必死に恥ずかしい声を堪えているシシリィへと囁いた。

「っく……う、大丈夫……じゃない……わ。こんな朝から……するなんて……貴方には……道徳心というものがない……の⁉」

「そんなもののために欲しいものを諦めることができなかった。ただそれだけのこと。私は諦めが悪い人間でね」

「——っ⁉」

　ゼノンの淡々とした言葉が、シシリィの胸を思いのほか深く抉(えぐ)りたてた。

（それが……この人と私の違い？　私は諦めたけれど……彼は諦めなかっただけ？）

　物問いたそうに見つめると、ゼノンはまるで彼女の内心を見透かしたかのようにしっかりと頷(うなず)いてみせた。

「君も諦める必要はない。欲しいものは声を大にして『欲しい』と言っていい。躊躇(ためら)う必要などない」

「…………」

　シシリィは大きく目を見開くとまばたきすら忘れて茫然とゼノンの赤い双眸(そうぼう)に見入る。

　ずっと欲しいものは我慢しなければならない。諦めなければならない。

　そう躾けられてきたし、そう信じてもきた。

　誰にも何にも期待しなければ裏切られることもない。期待して裏切られて傷つくよりもずっと生きやすい。

そんな考えを真っ向から否定する彼の言葉が心に響く。

それは、まだ子供だった頃の自分がずっと欲しがっていた言葉だった。

「今さら……そんなこと言われても……できない……わ」

「なぜだ？　もはや君を縛るものは何一つないのに。なぜ自らつくった檻に自分を閉じ込めている？」

「それは……」

確かにゼノンの言うとおりだった。もはや檻はない。

それでも——長い間、自分の核を担ってきた考え方はそう簡単に変えられそうにない。

シシリィは落ち着きなくまばたきを繰り返すと、うわごとのように呟いた。

「……だって……宮廷占い師の予言では……私は本当に欲しいものだけはけして手にいれられない星の下に生まれたって……実際に……いつだってそうだったし……」

「君は私と同じ現実主義者と思っていたが？　予言などを鵜呑みにするようなかわいらしい一面もあったのか？」

「っ⁉」

皮肉めいた揶揄にシシリィは声を荒げた。

「違うわ！　私は信じてなんかいなかった！　信じたくなんてなかった。だけど……私の両親は信じたの！」

そう、いくら抗っても、あの忌まわしい予言を逃れられない呪詛としたのは実の両親。

今まで誰にも明かしたことのない秘密を明かした瞬間、不思議と心が軽くなる。

脳裏に、婚姻の儀の際の大司教の説教が蘇る。夫婦はどんなときでも全てを分かつ存在であり、重荷を背負い合う存在であると。

(偽りの結婚なのに……本当の夫婦ではないのに……どうして……)

トリーのように何の躊躇いもなく彼の言葉をそのまま信じることができればどんなにか楽だろう。

しかし、やはりまた何か企んでいるに違いないと、どうしても勘ぐってしまう。

「親は子にとって絶対的な存在であり、世界の全てといっても過言ではない。辛かっただろう。だが、支配者が変われば世界は変わる。今、君を支配しているのはこの私だ。前の支配者の呪縛は責任を持って私が解き放つ」

ゼノンはシシリィの頬を優しく撫でながら、彼女の上で緩やかに動き始めた。

全てを包み込むようなどこまでも優しい言葉とは裏腹に、いきり勃起った肉槍は雄々しく彼女を支配していく。

身体の奥へと埋め込まれた肉杭の蠕動に、シシリィは何度も四肢を突っ張らせながら、自らの手を噛んで淫らな声を堪えようとした。

すると、ゼノンはいったん腰の動きを止め、その長い指を彼女に二本咥えさせた。

そして、舌先を指で弄びながら、再び抽送を再開する。

「ンッ！　ンンッ……っふ、っく……は、あ、あ、あぁあ……」

シシリィは彼の指に歯を立てながら、しどけなく喘ぐ。

艶やかな呻き声が瞬く間に熱を帯びていき、それは顔や頭へも伝播していく。

天蓋つきのベッドが軋む音と卑猥な水音、王妃の押し殺した嬌声とが混ざり合い、絢爛な王妃の寝室へと秘めやかに沁みていった。

# 第五章

（アルケミアに統合されたとしても、私がケルマーの女王であることは変わらないのだから。これからも私自身の手でケルマーにとって最善の道を見極めていかなければ。全てをあの人任せになんてできない）

シシリィは緊張の面持ちでそう自分へと言い聞かせた。

アルケミア城の赤鷲の間には、細長い円卓を囲むようにしてものものしい表情をした男たちが集っていた。皆、軍服にマントというでたちで腰には剣を下げている。

これからおこなわれる会議で今後の国政の大方針が決定されるだけあって、緊迫した空気が場に張り詰めていた。

今まで極力戦争を回避してきたケルマーにおける会議とはまったく異なるどこか殺気だった雰囲気にともすれば気圧されそうになるが、努めて凛（りん）とした表情を取り繕い背筋を正す。

シシリィが隣の席に座っている叔父を見るとしっかりと頷き返してくれた。いつも傍で支えてきてくれた存在に緊張が和らぐ。

ゼノンはシシリィがこの会議に参加することに良い顔をしなかったが、叔父の強い口添えもあってようやく参加を許可してもらえたのだ。

全てを自分に委ねればいいと主張する彼にケルマーの未来を託すことは責任放棄に等しいこと。いくら昼夜を問わず、愛の言葉を囁かれ寵愛を一身に浴びてはいても、ケルマーの女王の誇りと責任を手放すつもりはない。

しばらくして、側近のサイラスを伴ったゼノンが姿を現すと、それまで騒がしかった部屋が途端にしんと静まり返る。

こんな瑣末な一面にすら、彼の影響力、支配力の強さを感じずにはいられず、シシリィはつい嫉妬してしまう。つくづく自分の負けず嫌いな性格がうらめしい。

「では、会議を始めよう」

ゼノンが席へとつくと、サイラスから書類を受け取って周囲を見回して開会を宣言した。

いつもとはまるで異なるこわいほど真剣かつ凛々しい彼の表情にシシリィはつい見入ってしまい慌てて目を逸らす。

（……人の仮面は力ずくで外してしまうのに自分だけずるいわ）

廷臣や貴族たちから崇敬の念を集めるカリスマを備えた国王の姿がそこにあった。

ゼノンは廷臣たちの報告の数々に耳を傾けると、迷うことなく次々と指示を与えていく。

会議というよりは、部下たちから報告を受けてゼノンが指示をするという一方的なものに見えるが、そのどれもが簡潔かつ的確と思えるものでシシリィは意外に思う。

それは指示を受ける側にとっても同じことらしく、異論を唱える者はない。

暴君を恐れて言いたいことも言えずに呑みこんでいるのかと思いきや、彼らがゼノンへと寄せるまなざしには揺るぎない信頼が垣間見える。

絶対君主というからには、もっと無理難題を突き付けてばかりで、部下たちからさぞかし反感を買っているのだとばかり思っていたが、シシリィのその予想は見事に違えた。

シシリィはゼノンを眺めながら、自分が彼の立場だったらどう指示をしていただろうと想像してみる。

だが、考えを廻らせようとする前に、彼は結論を出し部下に指示を出していく。

その迷いのない即断に圧倒されてしまう。

報告をいったん預かり、叔父等に相談してから注意深く結論を出した上で、再度会議にて皆の意見を尋ね最終決定をおこなうのがシシリィのやり方だった。

こんな形で統治者としての格の違いをまざまざと見せつけられるとは思わなかった。

(ただ単に経験の差よ……私だって四年も経てばきっと彼みたいになれたはず……)

胸の内で独りごちるが、心のどこかではそれが単なる根拠のない強がりであり負け惜しみだとも分かっていた。

あそこまでの判断力はけして一朝一夕で身に付くものではない。幼い頃から帝王学を学ばされてきた身には痛いほどよく分かる。

もしかしたら、亡き父ですら彼には敵わないかもしれない。

しかし、それを素直に認めるわけにはいかない。

少なくとも、自分にとっての彼は、道徳心に欠け自らの欲望にどこまでも忠実な絶対君主であることには変わりないのだから。

ついさっきも彼はその牙をシシリィに剥き出しにしたばかりだった。

トリーと一緒に午後のお茶を楽しんでいる最中に突如現れたかと思うと、贅を尽くした菓子類には見向きもせずに新妻を貪った。

気を利かせて席を外したトリーの赤らんだ横顔が忘れられない。

きっと彼女は彼が何を目的に王妃の間へ続くバルコニーへと姿を見せたのか、自分が立ち去った後、何が行われているか、何もかも知っているはずだ。

直接確かめる勇気こそないが、そうに違いないと考えるだけで、恥ずかしさのあまりシシリィは死んでしまいたくなる。

ゼノンが寸暇を惜しんで王妃を寵愛していることはすでに噂となり、シシリィ自身の耳にも届いていた。

周囲からどんな目で見られているか知りながら、平気な顔をして人々の前に姿を見せるなんてことは、本来の彼女の自尊心からすればありえないことだった。

できることなら噂が収まるまで人目を避けていたいのが本音だったが、それでは自分を政治から遠ざけたいという彼の思惑どおりになってしまう。

会議の参加は、ゼノンへの反抗心を示すためのものでもあった。

獰猛な本性を微塵も垣間見せることなく、クールな表情で会議に臨む彼をこうして見ていると、いっそこの場で獣の本性を皆に知らしめてやりたいという衝動が込み上げてくるが、まさかそんな自ら恥を晒すような真似ができるはずもない。

(……きっとこの人のことだからそれも計算のうちなんでしょうけど)

結局、どれだけ抗ったとしても、彼の描いたシナリオどおりに全てが動くような気がしてならない。

絶対君主の名は伊達ではない。

結婚して、彼の傍にいることが増えてからというもの、ことあるごとにそれを思い知らされる。

(でも、例えそうだとしても……抵抗もせずに従うなんてごめんだわ……何もかも全てが自分の思い通りになるなんて認めない。せめて私だけは抗ってみせる。けしてあの人のものになんてならない)

シシリィが覚悟を改めているそのときだった。

廷臣たちからの報告を受けて、全て指示をし終えたゼノンが神妙な面持ちでとんでもない話を切り出した。

「では、私からだが――ケルマー統合、その他もろもろの事情により、一時ガルディオと結んでいた停戦協定を解除することにした」

国王の突然の重大発表にどよめきが起こる。

ガルディオはアルケミアと同じく軍事国家で二つの国は三ヶ月前まで激しい戦いを繰り広げていた。だが、一年以上にも及ぶ戦いに停戦協定を結び、そのまま和解すると思われていた。

（停戦協定を解除するって……戦争を再開するということ⁉）

心臓を氷の手で鷲掴みにされたかのような痛みに、シシリィは青ざめる。

アルケミアに実質統合されたからには、ケルマーもいつ戦争に巻き込まれてもおかしくはない。その覚悟はできていたはずなのに、それでもまだどこか遠い国のできごとのようにしか思えていなかった。

否、正確に言うならば、そう思いこみたかったというほうが正しいかもしれない。

不安そうな表情で押し黙る者もいれば、興奮してアルケミアへの忠誠を誓う者もいて室内は一時騒然となる。

だが、少し経ってゼノンが片手をあげると、再び皆は口をつぐみ静かになる。

「案ずることは何もない。私がこの場を借りて勝利を約束しよう。無論、勝利の暁には、今までどおり破格の褒章と名誉を約束する」

ゼノンの揺るぎない自信に満ちた言葉に、その場に居合わせた者たちの士気が高まるのが肌で感じられる。

シシリィは両手を抱き締めるようにして、この場の異様な雰囲気に身震いした。

戦争は勝ち負けにかかわらず国を疲弊させるもの。命のやりとりをするのだ。憎しみも悲しみも国中へとまき散らす。

ケルマーは軍事国家であるアルケミアと友好条約を結んでいたが、今まで戦争への参加は避けてきた。

あくまでも後方支援に徹してきたのは、過去に一度大きな戦争に巻き込まれて国が疲弊しきったことがあって以来、代々の国王・女王へと受け継がれてきた大方針によるものだ。

（お父様やご先祖さまたちがずっと守ってきた方針を私の代で潰えさせてしまうなんて）

シシリィはいたたまれない思いに打ちひしがれる。

他の選択肢はなかったとはいえ、ケルマーの皆を戦争へと巻き込むこととなった自身の咎を責めずにはいられない。

しかも、続くゼノンの言葉は深く落ち込んだシシリィをさらなる奈落へと突き落とすものだった。

「詳細は追って各々に指示するが、取り急ぎケルマーのメイジス公に先遣隊を務めてもらいたい」

「っ⁉」

（……今……なん……て？）

シシリィは自分の耳を疑う。

きっと聞き間違いに違いない。

そう思いたかったが、その場に居合わせた皆がシシリィの隣の席のメイジス公へと注目していた。

胸がぎしりと軋み、一瞬、息が止まる。

今まで自分を支えてくれたとても近しい人の身に戦争の魔手が忍び寄ってはじめて戦争という異物に対しての実感が湧き身が竦む。

（嘘でしょ……なぜ叔父様が……先遣隊はとても危険な任務なのに……）

戦争において、先遣隊は重要かつ危険な任務。よって、本来ならば戦争の経験豊富な古参株を中心とした部隊に託すべきもののはず。

（なぜわざわざ戦争経験のない叔父様にそんな命令を与えようというの⁉　一体何を企んでいるの⁉）

シシリィは青ざめきった表情で厳しくゼノンを睨みつける。

しかし、ゼノンはまったく彼女を意に介していない様子でメイジス公を見据え、淡々とした口調で話を続けた。

「知ってのとおりとても重要な役回りだが、ケルマー側でもっとも影響力を持つ人物にこそ今回は戦功をあげてもらいたい。今後のためにも・・・・・・――」

「…………」

メイジス公は黙ったまま顎に手をあてると、探るような目つきでゼノンのまなざしを受け止める。二人の間に殺気の入り混じった緊張がはしり、シシリィは気が気ではない。

やがて、長い沈黙の後、メイジス公は乾いた笑みを浮かべて答えた。

「確かに――仰るとおりかもしれません。前向きに検討させていただきましょう」

「検討？　これは命令であって貴公にその余地はない」

「っ⁉」

ゼノンの居丈高な言葉を耳にした瞬間、メイジス公の顔が歪んだ。

その表情は今までにシシリィが見たこともない恐ろしいものだった。

対するゼノンの凄みを帯びた表情もまた殺気ばしったもので、シシリィはとても正視していられず、咄嗟に二人から目を逸らしてしまう。

一触即発の雰囲気が場を支配していた。

ケルマー側の人間とアルケミア側の人間の互いへの反感が高まり、険悪な状態へと陥る。

ただでさえ二つの国が一つになったばかりで互いに神経を使うべき大事な時だというのに、なぜわざわざこんなやり方をしなければならいのだと、シシリィはゼノンに目で問いかける。

しかし、彼は燃えるような瞳にどこまでも冷ややかな光を宿したまま、やはりシシリィには目もくれない。

それはシシリィの知る彼ではなかった。

噂に違わず、どこまでも冷酷無慈悲な絶対君主がそこにいた。

昼夜を問わず愛を囁き、滾る情熱を燃やして魂ごと征服してくる男の影は一分たりとてない。

（一体どの貴方が本当の貴方なの⁉　人の仮面は外しておきながら、自分はいくつの仮面を使い分けているの⁉）

息が詰まるほどの衝撃を受けてシシリィは苦しげに胸を押さえる。

こんなやり方で突如牙を剥き、拒絶されるなんて思いもよらなかった。

手ひどい裏切りに頭の中が真っ白になる。

（……裏切り？）

「——っ⁉」

そこでようやくいつの間にか彼に期待してしまっていたことに気づき、愕然となる。

（嘘よ……私は誰にも期待なんてしていない……あんな人なんかに……誰が……）

必死に否定しようとするが、胸の痛みは一向に治まらずに、むしろひどくなっていく一方だった。

これ以上、考えては駄目だ。

今すぐ全ての感覚を遮断して心を凍らせないと——

そうは思うものの、もはや手遅れだった。

（……まさか……これが……貴方の本性なの⁉）

ついに恐ろしい結論へと達した瞬間、心のどこかが音をたてて砕けていくのを感じた。

胸に風穴が空けられたかのような空虚な感覚——それは随分と長い間遠ざけてきたもので。

鋭い痛みと同時に懐かしさすら覚える。

（私が本当の貴方だと思っていたのは……偽りの姿だったというの？）

違う、そうじゃない。

いつだって子供の頃にどれだけ願って得られなかったものを与えてくれた彼こそが本物のはず——そうに決まっている。

必死にゼノンの肩を持とうとしているもう一人の幼い自分に気付いた瞬間、長い間ずっと胸の底に封じてきたはずの忌まわしい過去の記憶が剥き出しになる。

（駄目……思い出したくなんてない……やめ……て……）

どれだけ願ってもけして得られなかった親の愛。あれだけ可愛がってきたはずの妹姫への憎悪。期待しては裏切られ、裏切られては傷つき、それを防ぐために「氷の王女」の仮面をかぶり続けてきたこと。

触れたくない、触れられたくもない辛い記憶がまざまざと蘇り、くるおしいほど絶望的な憎悪ただ一色に心が塗りつぶされる。

（ゼノン！　貴方もあの人たちと同じなのっ⁉）

「……っ⁉」

気がつけば、シシリィは両手を机に打ち付け、勢いよく席から立ち上がっていた。

全員の視線が彼女へと集まり、部屋がしんと静まり返る。

シシリィはゼノンを冷ややかに睨（にら）みつけると、凍（い）てついた声色で毅然（きぜん）と言い放った。

「ケルマーはアルケミアの属国になり下がったわけではありません！　二つの国を一つにするにあたり対等な立場を約束したはず。にもかかわらず、このように一方的な命令でケルマー側の意見を封じるつもりならば、すべてを白紙に戻します。我々は尊厳ない従属よりも誇り高い死を選ぶでしょう！」

例え、絶対君主が相手であっても、怯（ひる）むことなくケルマーの女王として毅然と皆の思いを代弁したシシリィの姿がケルマーの貴族たちの胸を打つ。

しかし、その言葉は、一番届いて欲しいと願う相手には届いていなかった。

ゼノンは肘掛にもたれかかるようにして深いため息を一つつくと、シシリィを厳しく見据えて、威圧的な声色を強めてこう告げたのだ。

「ケルマーの女王よ。国民の命を預かる立場にある者が死などという重い言葉を軽はずみに口に出すものではない」

突き放すような彼の厳しい言葉が、シシリィの自尊心を深々と突き刺した。

負けじと反論しようと口を開くも、あまりにも屈辱的な憤りに唇がわななき、それ以上何も言えなくなってしまう。

シシリィは無言で彼を睨みつけると、その細い肩をそびやかせたまま部屋から退出していった。

「シシリィ様、どうかされたのですか？　一体会議で何が……」

「口にするのもけがらわしいことよ。お願い。トリー、今は何も聞かないでちょうだい」

「……分かりました」

控えの間で待機していたトリーは、尋常ではない苛立ちを剥きだしにして部屋から出てきたシシリィの剣幕に驚きながらも急いで席を立ち、主の後へと付き従う。

シシリィは掴むようにドレスの裾を持ち上げたまま、ヒールの音を響かせて豪奢な鏡とシャンデリアを等間隔に配した回廊を突き進んでいく。

しかし、中ほどまで進んだところで足を止めたかと思うと、そこで唇をきつく噛みしめ天井を見上げた。

天井に描かれた赤い竜に跨った英雄のフレスコ画が頼りなげに揺れるのを見据えながら、深く重いため息を一つつく。

それが涙のせいだと気付くのに、しばらく時間を要した。

（これは怒りと憎しみの涙。そうに決まっている……）

そう自分へと言い聞かせるが、単にそれだけではないということは自身が一番よく分かっていた。

だからこそ、余計にゼノンに対する憎悪が募る。

「……シシリィ様」

トリーが心配そうに背後から声をかけ、主の震える肩へとそっと両手を置く。

「……これだから嫌なのよ。期待もしなければ絶望もしないのに」

胸の内に渦巻くやりきれない思いを吐き捨てるように口にしたシシリィの目尻から涙が一筋伝わり落ちていった。

アルケミアに統合されたとはいえ、ケルマーの女王としての自覚はけして潰えていない。

だからこそ、女王として相応しく、いついかなるときでも冷静に凛とした存在であることを心がけているのに。

その決意をことごとく嘲笑うかのように邪魔してくるゼノンが憎くて堪らない。

だが、何よりもそんな彼に逐一翻弄されてしまう自分が一番憎い。

なぜこんなにも彼にだけは過敏なほどに反応してしまうのだろう？

「ごめんなさい、トリー。こんなことでは駄目ね……取り乱してごめんなさい。『氷の王女』なんて呼ばれていたのが嘘みたいね……情けないわ」

シシリィがハンカチで涙を抑えると、努めて平静を装ってトリーへと謝った。

しかし、後ろを向く気にはなれない。

きっと今の自分はひどい顔をしているに違いない。

そんな顔をトリーに見られたくなかった。

「シシリィ様、大丈夫ですよ。駄目じゃありません。『氷の王女』なんて呼ばれていた頃よりも今のシシリィ様のほうがずっといいです」

いつもと変わらずおっとりとした彼女の返事にシシリィは耳を疑う。

「……こんな醜態を晒（さら）しているのに？」

「ええ、だって前よりもずっと生き生きしてらっしゃいますから」

「………」

やはりどこかずれている彼女の言葉に脱力すると、シシリィはそこでようやく恐るおそる背後を振り返って彼女を見た。

すると、涙ぐんだトリーがシシリィの手をそっと握りしめてきた。

「だって、シシリィ様、何かに期待されたのでしょう？　それを聞いて、私……ものすごくうれしくて……」

「……そんなはず……ないのに……何かの間違いよ……そうに決まっている」

「間違いでもなんでも、もっともっと期待していいんですよ。もちろんゼノン様にだけでなく私にも――」

「……っ!?」

トリーらしからぬ鋭い指摘に、シシリィは身を固くする。

しかし、その一方で頑なに強張っていた心がゆっくりと解れていく。トリーの温かな言葉は傷ついた心を包み込んでいく。

しばらくして、シシリィは掠(かす)れた声で独りごとのように呟いた。

「そんな恐ろしいこと……できるはずがないわ。今だって死ぬほど後悔しているのに……」

「大丈夫ですよ。死にはしませんから」

「…………」

どこまでもおおらかな彼女についに反論の言葉が見つからなくなったシシリィは、視線を宙に彷徨(さまよ)わせながら口ごもる。

死にはしない――まさかトリーの口からこんなに強い言葉が出てくるとは思わなかった。

「……強いのね。トリーは」

「私が特別じゃなくて女は皆強いんです。当然ですよね。だって守らねばならないものがあまりにも多いんですもの」

女は皆強い――その言葉が今にも粉々に砕けてしまいそうだったシシリィの心をなんとか持ちこたえさせた。

「そうね、もう泣いて訴えることしかできない子供じゃないのだもの。戦ってからでも遅くはないのかも……」

シシリィはトリーの手をぎゅっと握りしめ返すと、静かに目を閉じた。

(諦めるのは……まだ早い。粉々になるまでぶつかってからでも……遅くない……)

ともすれば幼い頃の苦い記憶に竦みあがってしまいそうな心を必死に奮い立たせる。

(あの人に確かめなくては気が済まない……どれが仮面でどれが本物か……)

それを確かめたところでどうするのか?

自分でもまだそれは分からない。

ただ、このまま引き下がれないという思いだけが膨れ上がっていく。

(叔父様の件だって……譲るわけにはいかないもの。なんとしてでもあの馬鹿げた命令だけは取り下げてもらわなくては……)

シシリィは口端を気丈に引き結ぶと、今にも泣きだしてしまいそうな脆い表情でトリーへと笑みかけてみせた。

こうやって無理にでも笑顔を作ってみると、不思議と力が湧いてくる気がする。

「シシリィ様？　あの……戦うって……一体……誰とですか？」

落ち着きを取り戻したシシリィにトリーは胸を撫でおろすが、今度は別な不安が頭をもたげてきたのか眉をハの字にして主へと心配そうな視線を投げかける。

「決まっているでしょう？」

「いえ……その……私はそういう意味で言ったわけではなくて……」

「大丈夫。死にはしない、でしょう？」

シシリィはトリーの言葉を引き合いに出して、彼女の反論を封じた。

「……それはそうですけれど……何も私は夫婦喧嘩をけしかけたわけではなくて……」

慌てふためくトリーを一度抱きしめてから、シシリィは踵を返すと、肩にかかった髪を後ろへと払いのけてこう言った。

「トリーお湯の用意をしてちょうだい。戦いに相応しい身支度を調えなくてはね」

シシリィは一度王妃の寝室へと戻って身支度を入念に調え直してから国王の執務室へと向かった。
襟首の高いロイヤルブルーのドレスは、紺碧の夜空に煌く満天の星空をイメージして作らせ

た特別なもので、ここぞといった正念場のときにだけ着用してきたものだ。

戴冠式でも急遽デザインを少し変えて仕立て直した上で着たほど、思いれの強い一着だった。

胸元や裾に金の細やかな刺繍を贅沢に施したそのドレスは、シシリィの誕生石であるラピスラズリをイメージしてのもの。

ラピスラズリは聖なる石とも呼ばれ、あらゆる邪気を祓う効能があると聞く。それは怒りや嫉妬などといった負の感情も祓うのだという。

ケルマーでの社交界デビューの年齢は十四で、その折にあつらえたものだった。

執務室の扉の前まで来ると、シシリィは祈るような思いでドレスの裾を整えると、ケルマーの女王として受け継いだ王冠へと触れて静かに目を投じた。

(どうかケルマーの女王として正しい道を選べますように……叔父様を守ることができますように)

代々の国王たちへと祈りを捧げ終えると、意を決して執務室のドアを敢えてノックもせずに勢いよく開いた。

書斎机で書類へと目を通していたゼノンが顔をあげるとシシリィを一瞥し目を細めた。

「どうした？　ノックもせずに。君らしくもない。私にはノックをするよう何度も主張しているのに」

「……マナーや決まり事を土足で踏みにじる野蛮な人には必要ないと思ってのことです」

「ははは、なるほど。むしろ私としては大歓迎だが。愛する君の来訪ならばいつだって歓迎しよう。求められるのは男冥利に尽きる」

どういうわけかいつも以上に皮肉めいた口調の彼に、シシリィは眉根を寄せる。

「貴方を求めてなんかいないわ。私は『話し合い』に来たの」

戦いという言葉をオブラートにくるんで、なるべく穏便な言葉を選ぶ。

「なるほど。それで王妃のティアラを外して、ケルマーの王冠をわざわざつけてきたというわけか。だが、私に対する交渉がいかに意味を成さないか、前に思い知っただろう？　それともまたあんな風に抱かれたくなったのか？」

「――っ⁉」

わざと自尊心を傷つけてくるような彼の物言いに怒りがこみ上げる。

だが、ここで取り乱してしまえば先ほどの二の舞になってしまう。それでは意味がない。

シシリィはドレスのスカートを握りしめると、努めて心を凍らせて彼の言葉を無視して、あらかじめ用意しておいた言葉を続けた。

「先ほどの会議での貴方の態度はケルマーに対する侮辱。どういうつもりであのような態度をとったのですか？　しかも、あんな理不尽な命令を一方的に押し付けてくるなんて言語道断です。話し合いの場を持ち、適任者を協議すべきです」

「もったいぶった言い方はよしなさい。君としての意見であればいくらでも耳を傾けよう。だが、女王としての意見には興味がない」

「…………」

女王としての使命を軽んじられたような気がしてシシリィは眉をひそめるも、同時に複雑な思いに駆られる。

（女王としての言葉ではなくて……私の言葉であれば聞いてくれるということ？）

全否定でありながら同時に全肯定ともとれる言葉にキツネにつままれたような気になる。

何か特別な意図が隠されているのだろうか？

つい先ほどの会議での身も凍るようなやりとりから疑心暗鬼になってしまう。

彼の本意を探るべく表情を窺うが、相変わらずの余裕めいたポーカーフェイスからは何も知ることができない。

シシリィは短いため息をつくと、女王としての仮面を捨てて彼へと問い詰めた。

「……一体何を考えてあんな真似を⁉　そんなに私を苛立たせたいの⁉　憎ませたいの？　さっきの会議での貴方の態度は何もかもそうとしか思えない侮辱だったわ！」

いつも囁いてくる情熱的な言葉は嘘だったのか⁉

その問いかけまではさすがに口にすることはできなかった。

「ああなってしまうからこそ、私は君の会議の参加に反対したのだ——悪いが、私はケルマーの女王が気に入らないものでね」

「っ!?」

彼のあまりにも率直な言葉に想像以上に胸が抉られる。

「どうして……そこまで……」

「――愛する君を私から奪う存在だからだ」

「何を言っているの？　どちらも私であることには変わらないのに……」

彼の不可解かつ意味深な言葉に振り回される自身に辟易としながら、シシリィは呻くように言った。

「まったく違う。女王としての君の結婚相手はケルマーだろう？」

「……そん……な、国に嫉妬するなんて……馬鹿げているわ」

「国だけではない。君が執着するものには何にでも嫉妬する」

ぞっとするほど真剣なゼノンの声色にシシリィは総毛立つ。

それと同時にとある可能性に思い当たって息を呑む。

「……まさか……叔父様の件は……そのためだけに……」

「さあ、どうだろうな？」

愕然となるシシリィにゼノンはわざとらしく肩を竦めてうそぶいてみせる。

「冗談はよしてっ！　人の命がかかっているのよ！　私のせいで……叔父様に何かあったら、私は……」

「やはり、随分な入れ込みようだな。そうではないかと思ってはいたが——なぜだ？」

「なぜって！　当然でしょう？　叔父様は昔からずっと私をかわいがってくれて……いつでも傍で支えてくれた恩人だもの……」

厳しい父とは裏腹に、叔父は常に自分の味方でいてくれた。彼が城を訪れる日をどれだけ心待ちにしてきたかしれない。

父と叔父が逆だったらよかったのにとまで何度思ったことか……。

「なるほど——」

不意にゼノンの表情から笑みが消えた。

しんと部屋が静まり返り、異様なまでの緊張に場が支配される。

彼の身にまとう空気が剣呑なものへと一変した。

赤い目が嗜虐の色を帯びて、鋭くシシリィを射抜く。

（……私が執着するものには……何にだって嫉妬するって……まさか本気だったの⁉）

わざと大げさに言っているものだとばかり思っていたが、ゼノンのただならぬ様子からシシリィは即座に考えを改めて青ざめる。

彼の凄味を帯びた双眸はくるおしいまでの情熱に燃え上がっていた。

これ以上怒らせては危険だと、本能が警鐘を鳴らして今すぐ部屋から出ていったほうがいいと告げる。

しかし、彼の恐ろしいまなざしに囚われてしまったシシリィは息をすることすら忘れて、その場に固まってしまっていた。

やがて、長く重い沈黙の末に、ようやくゼノンが口を開いた。

「君の目は節穴か？　そんなに美しく澄んだサファイアの瞳を持っておきながら、敢えて真実から目を逸らそうとするのはなぜだ？」

これまで以上に辛辣な皮肉めいた台詞を放ち、彼女を咎める。

「……どういう……意味？　真実って……」

「いや、今のは失言だった。知らなくてもいい。忘れなさい」

「そういうわけにはいかないわっ！　貴方、叔父様の何を知っているの⁉」

「…………」

ゼノンは返事をする代わりに重いため息をつくと、物憂げに視線を床へと落とした。

いつも自信に満ちているはずの彼の顔には深い苦悩の色が滲んでいる。

それに気づいたシシリィはその理由が知りたくてなおも彼を問いつめた。

「答えなさい！　でないと納得できないわ！」

「――いくら君の願いであってもそれは無理だ。世の中には知るべきでない真実もある。常に真実が正しいとは限らない」

「私は真実を知りたいの！　ごまかすのはやめてちょうだい」

シシリィが苛立ちに声を張り上げたそのときだった。

ゼノンの顔から影が消え、皮肉めいた笑みが蘇る。ついさっきの身も凍るような殺意は鳴りをひそめ、ルビーの瞳からも鋭い光は消え失せていた。

すなわち、いつもどおりの彼がそこにいた。

彼がアルケミア国王としての仮面をつけたのだとシシリィは気づく。

「――怒りに燃える君も美しい。さあ、こっちへ来てもっとよく見せてもらおうか」

ゼノンが執務机の椅子を後ろへと引くと、シシリィへと手を差し伸べてみせた。

「っ⁉　誰が！　もう貴方の命令になんて二度と従わないわ！　叔父様の話、はぐらかさないでちょうだい！」

「真実を知りたければこちらへ来なさい。知りたくないというならば、このまま部屋から出ていくがいい」

「…………」

わざと突き放すような冷ややかな言葉。

(どうせこれも罠なのでしょう?)

警戒するが、真実を知るためには敢えてその罠へと挑む必要がある。

彼の罠の恐ろしさは幾度となく身に沁みている。

ともすれば逃げ出したい心地に駆られるが、他ならぬ叔父のこともある。ここで引き下がるわけにはいかない。

シシリィは訝しげな表情を隠そうともせずにゼノンのほうへと歩を進めた。

彼女の手をとると、ゼノンは自らの膝に向かい合わせになるように座らせる。

そして、きつくひそめられた彼女の眉根を指先で撫でながら言った。

「せっかくの美女が台無しだな。なぜこれほどまでに怒っている？」

「ふざけないで！　分かっているくせに！　誰のせいだと思って……」

「私のせいだろうな」

間髪いれない彼の返事にシシリィはため息をつく。やはり彼は何もかも見通した上であのような態度をとっていたのだと確信して徒労感に襲われる。

「……分かっておきながら……あんな真似を。ひどい人……私には仮面を禁じておきながら、貴方はどれだけの仮面を使い分けているの⁉」

「そう見えるか？　私は君とは違う。どれも本物の私だ。もしも、私が仮面を使い分けているように見えているならば、それは君の理解が足りないだけだ」

ゼノンは怒りも露わに憤るシシリィを宥めるように、繊細な手つきで彼女の細い背中を優しく撫でていく。

シシリィは思いつめたまなざしを彼へと向けると、苦しげに尋ねた。

「私と貴方……一体何が違うというの……分からないわ……何が仮面で何が本物か……」

「それは自分で見つけるほかない」

「……っ⁉」

人の怒りを煽るだけ煽っておきながら、肝心な答えとなると必ずといっていいほどはぐらかす彼をシシリィは鋭い眼光で睨みつける。

「貴方って……本当にずるい人ね……いつもそうやってはぐらかしてばかり……」

憎しみを込めて、乾いた声で言い放つ。

しかし、ゼノンはまったく怯むことなく、むしろ口端に皮肉めいた笑みすら浮かべてシシリィを眺めながらベルトを外した。

その音を耳にした瞬間、シシリィの心臓は大きく脈打つ。

またあの忌まわしい方法で全てをうやむやにしようというのだ。

(馬鹿にするにも程があるわ……一体、私がどんな覚悟でここまで足を運んだと……)

「そんなにも……私を怒らせたいの？　貴方を憎ませたいの？」

シシリィは、押し殺した声で苦しそうに尋ねた。

しかし、やはりゼノンはその問いかけには答えず、いつものように彼女の唇をキスで封じると、ドレスの裾をたくし上げていく。

「……っ⁉　ごまかさないで……まだ話は終わっていないわ！」

ゼノンから顔を背けて鋭い声で非難するシシリィだが、すぐに再び唇を淫らな接吻で塞がれてしまう。

「ン……や……あ、い、や……っ！　やめてっ！」

いつもならこの甘い口づけに流されてしまうところだが、シシリィは彼の胸を強く叩くと同時に唇を噛んだ。

「っっ――」

ゼノンが小さく呻いたかと思うと、一旦彼女から顔を離した。

その唇に血が滲(にじ)むのを目にするや否や、シシリィの表情に罪悪感が滲む。

それとは裏腹に、ゼノンの表情には恐ろしく嗜虐的かつ好戦的な笑みが浮かぶ。

「私は口下手なものでね。このやり方のほうがお互いの本心を確かめるにはいい。特に君みたいに自尊心が高い女性にはよく利く」

熱のこもった獰猛な吐息を一つつくと、彼はシシリィの腰を抱え込み、すでに限界まで漲った熱い肉杭を足の付け根へと埋めにかかる。

「やっ！　やめ……なさい！　いやっ！　いやぁあっ！」

シシリィは彼の膝の上で全力でもがいて必死に抵抗するが、それを上回る力で動きを封じられ、ついに太い剛直で貫かれてしまう。

「あ、あぁあっ！　いや、あぁあああっ！」

絹を裂くような悲鳴が執務室へと響くかに思われたが、反射的にシシリィは自らの口元をきつく抑えたため、外や両隣の部屋にはかろうじて聞こえていないに違いない。

しかし、むしろ大声で助けを求めるべきだった。

恥もプライドもかなぐり捨てなければ彼に一矢報いることなんてできやしないだろう。

そうは分かっていても、思うように動けない自分が腹立たしい。

「う、っく……こんなやり方……ばかり……ずるい……わ」

シシリィが張り詰めきった怒張に顔を歪めながらも、ゼノンに毒づく。

ろくに前戯もせずにいきなり挿入れられたため、潤滑油が足りず、肉棒はまだ半ばまでしか挿入っていない。

それでもゼノンは躊躇わずに彼女の腰骨を掴むようにして腰を浮かせると、獰猛なまでにそそり勃起った肉杭を灼熱の鏝のようにじりじりと最奥へと埋め込んでいく。

「く、う……あ、あぁ……国王ともあろう人が……こんな場所で……恥を知りなさい。廷臣たちに……獣の本性が知られてもいいの!?」

「構わない。国王であろうと私が私であることには変わりはない。偽る必要すら感じない」

「……っ!? う、っく……あ、あ、あぁ……や、あぁ……」

肉槍が力任せに奥へ奥へと食い込んできて、シシリィは歯をくいしばって恐ろしいほどの圧迫感と痛みとに耐える。

それは淫らな拷問だった。

ゼノンは舌なめずりをすると、彼女の細いうなじへとキスをし、鎖骨に向けて舌をじっくりと這わせていく。

「はぁはぁ……っく、う、あ、あぁ……駄目……あ、あ、あぁ……」

甘い感覚と痛みとが絶妙に混ざり合い、シシリィの声色が艶めいた響きを帯びる。

彼から逃れるべく腰を浮かそうとするが、ヒールの爪先が床をむなしく掠るだけ。

抵抗むなしく、やがて張り詰めきった肉槍は根元まで深々と埋め込まれてしまった。

深くつながり合った状態で、ゼノンはシシリィを力いっぱい抱きしめると、満足そうなため息をついて武者震いする。

「……ああ、本物の君を感じる。伝わってくる。私をどうしようもなく欲している」

「っ⁉　違う……わ。そんなこと……ありえな……い」

「ごまかそうとしても無駄だ。身体は嘘をつけない」

ゼノンが深くつながり合ったままの状態で、腰を回すようにして秘所の中をねっとりと掻き回してきた。

「っ⁉　あ、あ、あぁあああっ！」

シシリィは強く身体を波打たせると同時に浅く鋭く達した。

同時に奥のほうから大量の蜜が放たれ、つなぎ目から溢れ出てきてしまう。

「奥がざわめいてきつく締め付けてくる。まるで逃がすものかとすがりつかれ抱きしめられているかのようだ」

絶頂の余韻に物欲しげな収斂を繰り返す膣壁を感じながら、ゼノンは恍惚とした表情で息を弾ませる。

「……そんな……はず……ないわ。私は……貴方なんて大嫌い……だもの……」

シシリィは恨みごとを口にしながらも、声に力が籠もらないのが悔しくてならない。

だが、屈辱に打ちひしがれて、自己嫌悪に陥っている場合ではない。

彼に貫かれたまま喘ぎ喘ぎではあるが、本題を切り出した。

「それで……叔父様の真実って……何？　こうすれば教えると言ったでしょう？　約束は守りなさい」

「さて、そんなこと言ったかな？」

「っ⁉」

わざとらしくしらばっくれるゼノンにシシリィは激昂した
「ふざけないで！　自分の発言にくらい責任を持ったらどう⁉」

「浅はかな発言で国民を危険に晒したばかりの愚かな女王に言われたくはない」

「……っ！」

痛烈な皮肉を込めた彼の言葉に怖いほどの憎悪が膨れ上がり、血潮が沸騰する。

刹那、胸の中は彼への憎しみ一色に心身の隅々まで塗りつぶされていった。

（愚かな女王、女王の器ではない……そんなこと……貴方に言われなくても自分が一番よく分かってる！）

誰にも明かしたことはなかったが——本当は物心ついた頃から、自分は女王の器ではないと気づいていた。

自分よりも勉強もできて、利発で社交性も高い妹姫のローザのほうがよほど女王に相応しいのにと、事あるごとに思っていた。

なぜ自分よりも先に生まれてこなかったのか、と、どうしようもないことで彼女を幾度となくひそかに恨んでしまったことか……。

（それでも……私はお父様の期待に応えるしかなかった……）

第一王位継承者として生まれてきたという事情もあったが、もしも父の期待に応えることができたら、いつかは自分のほうも見てくれるかもしれない。

そんな希望をどうしても捨てきることができなかった。

誰にも何にも期待をしてはならない。そう自分に戒めていた傍ら、どうしても諦めきることができなかったたった一つの切実な願い。

だが、その願いはついに叶えられることはなかった。

（……欲しいものを全て手に入れてきた貴方に……国王となるべくして生まれてきたような完璧な貴方なんかに……私の気持ちなんて絶対に分からないっ！）

想像を絶する憎しみと嫉妬が理性を焼き尽くす。

気がつけば――シシリィはゼノンの首へと手を回していた。

執務室が奇妙なほど静まり返る。

「……貴方が……憎いわ……殺してしまいたいほど」

シシリィは深い苦悩が滲んだ声で呻くように呟いた。

とんでもない行為に及ぼうとしている自分が信じられなくて恐ろしくて――

彼の首を絞めようとする手が、大げさなほどに震えてしまう。

一方のゼノンは、殺されようとしている者とは思えないほど落ち着き払った様子で、苦悶に表情を歪ませたシシリィを一心に見つめていた。

憎しみに燃え盛るサファイアの双眸とルビーの双眸の鋭いまなざしが宙で交錯する。

「どうした？　なぜ途中で手を止める？　私が憎いのだろう？　殺したいほどに」

「…………」

彼の質問に答えることができずに、シシリィは唇をきつく噛みしめた。

「殺したいならば殺せばいい――」

ゼノンはそう言い放つと、彼女のドレスの胸元を力任せに引き下ろした。

二つの膨らみが弾みながら姿を見せる。

彼の挑発に、思わずシシリィの両手に力がこもる。

すると、ゼノンは愉しげに目を細め、彼女の柔らかな胸を荒々しく揉み始めたかと思うと、いきなり腰をがむしゃらに突きあげた。

「っ⁉　きゃ、あぁあ！」

太い衝撃が子宮口へと穿たれた瞬間、シシリィはたまらず悲鳴をあげてしまう。

「っく、う……やめ……なさい……本当に……殺す、わよ……」

「だから、殺せばいいと言っている」

彼の動きを止めるべく、シシリィは彼の首へと回した手にさらに力を込めるが、やはりゼノンは怯むことなくむしろ嬉々として腰を上下に突き上げ始めた。

「いや……やっ……あああっ……いやぁ」

何度も強く腰を跳ね上げられるたびに、華奢な身体が彼の膝上で不安定に揺れ動く。

その淫らな動きに応じて、椅子が軋んだ音をたてる。

憎しみに燃え上がるサファイアの瞳をいとおしげに見つめながら、ゼノンはいつにもまして激しく腰を跳ね、両手で乳房を掴むように絞りあげると乳首を噛む。それはまるで飢えた獣の捕食行為だった。

「いっ⁉　や……つ……う、っく……あああ、やめ……ンンンっ⁉」

いつも以上に獰猛な性を剥き出しにして襲い掛かってくるゼノンにシシリィは瞬く間にくるわされてしまう。

彼の首を絞めようにも、もはや手に力が入らない。

まるで犯されるように激しく淫らに抱かれてしまう。

あまりにも激しい交わりにプラチナブロンドと赤い髪が乱れて宙をリズミカルに跳ねる。

「どうした？　そんなことでは私は殺せない」

ゼノンは酷薄な笑みを浮かべると、乳首のみでは飽き足らずシシリィの乳房へと歯をたててじゅるりと吸い上げた。

「――っ⁉」

刹那、シシリィは不明瞭な嬌声をあげ、身体をのけ反らせて達してしまう。

同時に、下腹部がきつく収斂し男根を絞りあげてしまい恥辱に呻く。

「ほら、こんなにも欲しがっている――本当は君も気づいているのだろう？」

「……っ⁉　そんな、こと……言わない……で！」

「いくらでも言ってあげよう。君は私を望んでいる。こんなにも私を渇望している」

「っ！　違うわっ！　貴方がくるわせているだけ！　けして私の意志じゃ……」

彼の淫らな指摘がシシリィの羞恥をこれでもかというほど煽りたてる。

皮肉にも、彼への敵意を募らせて感じてはなるものかと思えば思うほど、余計彼を感じてしまう自分を認めたくない。

しかし、全ては彼の言うように、深くつながりあった場所から伝わってしまうのだ。

どれだけ虚勢を張ろうとしても全ては無駄なことだと痛いほど思い知らされる。

(叔父様の話を……しなくちゃならないのに……こんなこと……している場合ではないというのに……)

自己嫌悪に打ちひしがれるも、シシリィはひっきりなしに獰猛な突き上げによって喘ぎくるわされる。

「いい加減素直になりなさい。なぜ認めない――欲しいものを欲しいと言えない。意味のない仮面に固執する?」

「う、あ……あぁ、欲しくなんて……ない! 貴方なんて……誰がっ!」

幾度となくイかされるが、シシリィはけしてゼノンの言葉を認めない。

憎しみに燃える双眸で彼を睨みつけると、唇をわななかせながら怒りを迸らせる。

「あ、あぁ……貴方なんて……大嫌いよ……憎い……わ……誰よりも……憎い……」

必死の形相で彼の首を絞めにかかるが、それはかえって挑発となるばかり。

「それでいい――私への憎しみで君の中を埋め尽くしたい。君の心を少しでも私から盗もうとするものは我慢ならない。すべて壊したくなる」

ゼノンはよりいっそう激しく雄々しく腰を躍らせながら、凄味を帯びた表情で恐ろしい欲望を吐露した。

彼の自分に対するくるおしいほどの執着にシシリィは戦慄する。

（私の大事なものを壊したい？　叔父様への命令はやっぱり……そのためだけのもの……）

「……そんなの……くるってるわ……」

「——かもしれないな。君のこととなると見境がない。それは認めよう」

ゼノンは乳房をはしたない音をたてながら吸い上げ、もう片方の乳房を鷲掴みにし、さらに容赦なく腰を突きあげ続ける。

「あっ！　あぁああっ！　あああ……」

真下から襲いかかってくる鋭い衝撃が子宮へと響くたびに、せつなく甲高い声が薔薇の花弁のような唇から洩れ出てしまう。

動きに応じて淫らに揺れ動く柔肉に歯を立ててけして離そうとしないゼノンは本物の肉食獣のようで。シシリィは本当に食べられてしまうのではないかという錯覚すら覚えて慄く。

肥大しきった妖しい興奮と快感がシシリィをくるわせる。

理性もケルマー女王としての自尊心も何もかも打ち砕かれ、一人の女——否、雌へとなり下がってしまう自分を恥じながら、また自分をそうくるわせるゼノンを憎みながらも、何度も昇りつめてしまう。

つなぎ目からはすでに大量の恥ずかしい蜜潮が漏れ出てきて、ゼノンの膝や椅子をも濡らしていた。

執務室は甘酸っぱい官能的な香りに満ちている。

「君を独占していいのは私だけだ。他は認めない」

吠えるように言うと、ゼノンは肉棒をぬかるみの奥へと沈めたまま彼女の上半身を机へと押しつけてきた。

細い体躯にのしかかるようにして襲いかかる。

彼の重みが加わることによって、より激しさと速度を増した抽送にシシリィはのたうちながら乱れくるう。

あまりにも激しく身悶えるあまり、王冠が外れて机の上へとずり落ちてしまう。

「あ、あぁああっ！　も、もう……やめ……いや、あ、あ、あ、あぁああっ！」

彼女の声色の変化から絶頂の到来が近いことを見抜くと、ゼノンはおもむろにその場へと立ちあがり、彼女の腰をさらに深く抱え込んで己を解放した。

「っ⁉　熱……っ⁉　ン、ン、ンンンンッ！」

身体の奥に熱を感じながら、シシリィは胸を突き出すようにして深い悦楽へと身を委ねた。

憎しみも羞恥も何もかも掻き消していく真っ白な世界に意識が遠のき、汗に濡れた苦悶の表情は安らかに緩められる。

息も絶え絶えになりながらも、全身が蕩けてしまうような余韻にたゆたう彼女の唇にゼノンの唇が穏やかに重ねられた。

侮辱され冷たくあしらわれ、憎しみ合いながら犯されるように征服された後のキスとはとても思えない。

　まるで飴と鞭のような彼の支配に、シシリィはいつしか身も心も囚われていた。

「もっと欲しいといわんばかりの締め付けだな。一滴残らずもっていかれそうだ」

　陶然とした息をつきながら、ゼノンは深くつながったまま、円を描くように腰を回した。

「あっ！　あ、あ、や、や……め……ン、ンンッ!?」

　喉元を無防備に晒したシシリィが大きく目を見開くと、眉をハの字にして艶やかな呻き声を洩らす。

　熱い白濁で満たされた膣内をいまだ硬さを保ったままの肉棒に掻きまわされ、達したばかりの全身に戦慄がはしる。

「また達したか。そんなにねだられては仕事にならない」

　わざとらしいため息を一つついて愉しげに毒づくと、ゼノンはシシリィを今度は机の上に座らせて再び抽送を再開しようとする。

（まさか……まだ……続けるつもり!?）

　執務中であってもこれほどまでに際限なく求めてくるなんて——

　もはや廷臣たちには気づかれているに違いない。それを彼が気づいていないとはとても思えない。国王のものとはとても思えない彼の奔放すぎる行いにシシリィは慄然とする。

「どう、して……そこ……まで……」

気がつけば、素直な質問が口をついて出ていた。

そう——どうしてここまで彼が自分に執着するのか分からない。

ゼノンは汗に濡れた前髪を無造作に掻きあげると、深い息をついて言った。

「——君があまりにもまっすぐすぎて危なっかしくて放っておけなかったからだ。かつての自分を見ているようだった」

「……っ⁉」

いつもの皮肉めいた意地悪な口調ではない。胸の奥底から迸り出てこようとする思いを懸命に抑えようとでもしているかのようなゼノンにシシリィは意表を突かれる。

どこまでも真摯でどこか寂しげなまなざしに胸が切なく締め付けられる。

（どうしてそんな目をするの？　らしくもないのに……）

彼の頭を胸に掻き抱きたい衝動に駆られて戸惑う。

（一体……どれが本当の貴方なの？）

どれもが本当の彼だと言われても信じることができない。

実際に、今目の前にいる彼と先の会議での彼とではまるで別人だった。

ここまで掴みどころのない、不可解極まりない人は他にはいない。

これでもかというほど憎しみを煽ってきたかと思えば、今までに出会ってきた誰よりもまっすぐな——まっすぐすぎて怖いほどの情愛をぶつけてくる。

いくら無視しようとしてもけして看過できない。圧倒的なカリスマと存在感とで力ずくで彼のほうを無理やり向かされ、心身の隅々まで支配される。

シシリィが目を見開いたまま、何も言えずにいると、ゼノンが彼女の身体をきつく抱き締めてきた。

甘酸っぱい香りに彼の男らしい香りが混ざり合ってシシリィを酔わせる。

「ずっと……私は君を守りたかった……」

ゼノンの思わぬ告白がシシリィの胸を熱く燃え上がらせる。

しかし、気がかりなのは――彼の言葉が過去形だということ。まるで守れなかったと言わんばかりだ。

その真意を問おうとしたシシリィだが、ゼノンは彼女よりも早く言葉を重ねてきた。

「せめてこれからは君を守らせてほしい。どうか、何も言わずに私に守られていてほしい。君にはこれ以上私と同じ道を歩んでほしくない」

「……貴方と同じ道？」

「………」

ゼノンはそれ以上何も答えずに、再び腰を動かし始めた。

いったん抜けてしまうギリギリまで腰を引いたかと思うと、一気に奥まで突きあげる。

「っ！　あ、あぁああ！」

何度も達してしまった敏感な身体は、たったその一突きで再び絶頂を迎えてしまう。

「あ、あ、ま、待って……まだ……話が……終わって……ない……のに」

またも淫らな方法で口封じをしようとしてくる彼を制そうとするが、ゼノンは「私の話は以上だ――」とだけ言って抽送の間隔を徐々に狭めていく。

「……ン、あ、あぁあ！　嘘つき……私の話なら……いくらでも聴いてくれるって……言ったくせに……嘘……ばかり……」

「全てがひと段落したらいくらでも聴いてあげよう。だから、それまでは大人しくいい子にしていなさい――」

幼い子供に言い聞かせるようにシシリィを窘めると、ゼノンは彼女の足を深く抱え込み、荒々しく半身を穿っていく。

「ンッ！　ひと段落って……ン！　ンン、ンッ！」

彼の腰の動きに応じて逐一洩れ出てくる声は耳を塞いでしまいたいほどいやらしく聞こえ、ようやく静まりかけた彼女の官能を呼び覚ます。

どれだけ抗おうとしても拒絶しようとしても、結局は全てゼノンの思うがまま。淫らに全てを征服されてしまう。

恐ろしいほどの憎しみも憤りも、休むことなく襲いかかってくる快感の高波の前ではまるで無力だった。

彼に問い正したいことは山ほどあったが、太い肉棒を深く穿たれるごとに意識が混濁していき、訳が分からなくなる。

シシリィは汗に濡れた顔をしどけなく歪めながら、いつも同様気を失うまで、絶対君主へと征服されていった。

主から呼ばれ、執務室へと足を運んだサイラスは一目見て何が起こったかを悟った。

ロイヤルブルーのドレスを半分脱がされ、あられもない姿にされたシシリィがソファに横たえられていたのだ。

いつにも増して激しい行為の痕を見てとったサイラスが眉間に皺を寄せて諌めるような視線を投げかけるが、ゼノンはまるで何事もなかったかのように涼しい表情で書類に目を通しては羽ペンを走らせてはサインをしていく。

「私のベッドへ寝かせておいてくれ」

顔もあげずにいつもの命令をしてくる主へとサイラスは嘆息してみせる。

「いいえ、王妃の寝室へとお運びします」

「――なぜだ？」

「さすがにこれ以上はトリーやメイジス公が黙っていないでしょう。このままでは壊れてしまいます」

サイラスの非難めいたまなざしを感じて、ゼノンは羽ペンを持つ手を止めた。

そして、顔をあげると苦笑してみせる。

「つい、可愛い妻のこととなると歯止めが利かなくてな。だが、誤解してもらっては困るが、今回は私のほうから仕掛けたのではない」

「会議であのような手厳しい挑発をすれば、こうなることは分かっていたはずです」

「――否定はしない」

ゼノンが名前を偽り身分を隠して通っていた寄宿舎学校以来の友人は、彼の何もかもを見通していているようだった。

だが、サイラスは腕組みをすると眉間に深い皺を寄せて、理解できないといった風に首を左右に振りながら呟く。

「しかし、まさかこれほどの入れ込みようとは――さすがの私も想定外でした。貴方のことは大方知り尽くしているつもりだったのですが」

「無理もない。私自身も正直驚いている。知れば知るほど――際限なく欲しくなる」

「とはいえ、国王ともあろう方が自らを律することもできぬなど、国民に示しがつきません。少しは控えたほうがよいかと。噂を知らないとは言わせません」

「何事にも例外はある。もっと柔軟に考えてはどうだ？　君は昔から生真面目すぎて融通が利かない」

「何せ仕える主君が奔放すぎますので、これくらいのほうがちょうどいいという結論に達しました」

「はは、君も言うようになったな」

「こうしてご忠告差し上げるのも融通の賜物ですから」

「なるほど――確かにそうだな。私に率直な意見をぶつけてくるのは、もはや君とシシリィ以外にいなくなってしまった」

　ゼノンはペンを置くと、遠い目をして長い息をついた。

　常に傍につき従い、共に同じ道を歩いてきた忠臣は、主の忸怩（じくじ）たる思いに自らの思いを重ねて神妙な面持ちで頷（うなず）いてみせる。

「それは貴方が敢えて選んだ道。もっと楽な道もあったでしょうに」

「ああ、分かれ道に差し掛かったときには常に難しいほうの道をいくようにと決めている」

「いつだって貴方はそうでしたし、これからもそうでしょう。この私が貴方の右腕を務めている間は――」

　相変わらずの仏頂面にわずかばかりに誇らしげな変化を認め、ゼノンは目を細めた。

「死ぬまで共にあれるよう善処しよう。君ほど優秀な人材はそうはいない」

「お褒めに預かり光栄です」

頑固そうな口元を綻ばせもせずに淡々とした口調で言うと、サイラスは自身のマントを外してソファに横たわったシシリィの胸元へとかけた。

そして、しばらくの間、その場で逡巡してから重い口を開く。

「……私の目には単刀直入に真実を明かすべき時が来たように思えますが、まだ例の件を秘密にしておくおつもりですか？　さすがにいつまでも伏せておくことはできかねるかと」

「墓場まで持っていくつもりでいる」

「そのためにあのようにわざわざ憎しみを煽るような真似をなさるのですか？　真実から目を背けさせるために――」

「ああ、国も女性も征服する方法は同じ。きっとやりおおせてみせる」

主の返事にサイラスは複雑な表情を浮かべると、黙ったままシシリィを横抱きにした。

そして、執務室の壁の隠し扉へと消えていく。

一人執務室に残ったゼノンは深い皺が刻まれた眉間を指で揉みながら目を閉じると、椅子の背もたれに身体を預けて深いため息交じりに呟いた。

「私以外のものを見る余地を与えたくはないが――サイラスの言うとおり、そろそろ限界なのかもしれないな……」

と。

# 第六章

「シシリィ様、今日もお食事はお部屋で済ませるおつもりですか？」

「――ええ、具合がよくないの」

「ですが、さすがにもう十日も部屋にこもりっぱなしでは……皆さんも心配されていますし、せめて朝食だけでも食堂でとられては？」

「悪いけれど無理みたい……」

シシリィは背中を丸めてベッドへと潜り込んだまま、弱々しい声でトリーに応じる。

いつだって具合が悪いときでもなんでもないふりをして気丈に振る舞ってきたのに。今回だけは自分でもどうにもできず不甲斐ない。

いくらベッドから身体を起こそうとしても全身が鉛のように重くて辛い。ずっと続く熱のせいか頭痛もとれない。

医師の診断では過労とのことだったが、それが直接の原因でないことは自分自身が一番よく分かっていた。

おそらく過労というよりは心労のほうが近いだろう。

(本当に……あの人はどこまで私を振り回せば気が済むの……)

脳裏にゼノンの姿を思い浮かべながら、シシリィは胸の内で独りごちる。

恐ろしいほどの憎しみをぶつけ合ったあの日以来、ゼノンの態度は一変した。

毎日、寸暇を惜しまずにシシリィの元へと足しげく訪れては獰猛に貪っていた彼が、この二週間というものほとんど姿を見せなくなったのだ。

トリーの話からすれば、戦争を再開するにあたり、その準備に奔走して城を留守がちにしているとのことだったが——彼が自分を避けているのは一目瞭然だった。

稀に城内で出くわすこともあったが、そのたびにゼノンはサイラスを始めとする側近たちとのやりとりに没入するフリをしてシシリィのほうを見向きもしなかった。

(一体……何を考えているの？　どういうつもりでこんな真似を……)

いくら必死に考えても答えには辿りつけず、本人に問いただそうにも城を留守がちにしているためその機会もなかなか得ることができない。

ならばいっそ忘れてしまえばいい。気にしなければいい。

そうは思うものの、ことあるごとに彼のことを考えてしまう。

さすがに首を絞めたのはやりすぎだった——そんな負い目もあって、つい何もかも悪いほうへ悪いほうへと考えてしまう。

彼の太い首に手をかけてしまったときの感覚を忘れることができない。あのときの殺意は紛れもなく本物だった。

自分で自分のことを怖いとすら思ったくらいなのだから、殺意を向けられたほうがそれ以上に警戒するのも無理はない。

（考えても無駄……全部が憶測の域を出ないのに……）

それでもつい不安に駆られて、あれこれと思い悩んでしまう。

相変わらずゼノンのことになると、思いどおりにならない自分が口惜しい。

「……あぁ、もう……何も食べたくない……トリー、私を放っておいて」

「駄目ですよ。何か食べなくては回復する力がつきませんし。シシリィ様のお好きなものはなんだって作って差し上げますから元気を出してください」

「……ありがとう、トリー。ごめんなさい。心配をかけてばかりで。今は寝込んでいる場合じゃないのに……」

「いいえ、いつだって私はシシリィ様のお世話が大好きですから。気にしないでください。私にくらいは存分に甘えてくださいな」

トリーの暖かな言葉にシシリィは深いため息をつく。

「ああ……トリーが男の人だったらよかったのに……」

どこかの誰かへと爪の垢を煎じて呑ませてやりたいと思う。彼女はゼノンとは違って常に単純明快で分かりやすい。安心して付き合えるし気を許せる。

ゼノンの謎めいた振る舞い、台詞の数々には辟易としていた。

(……きっとこれも罠に違いないわ……手のひらを返すような態度をわざととってこちらの出方を見ようっていう……もう騙されない……)

無関心を貫くのが最良の策――

そう自分に言い聞かせて、努めて彼のことを考えないようにするも、ついことあるごとに隠し扉のほうに目を運んでしまう。

それに目ざとく気づいたトリーがため息交じりに言った。

「本当に……こういう時にこそ、ゼノン様がお傍にいてくださったらどれだけ心強いかしれないのに……」

「……まさか、心強いどころか、かえってとどめを刺されてしまうわ」

「あらあら、まあ……それはそれは……ふふっ」

「…………」

気恥ずかしそうに頬を染めるトリーにシシリィは渋面を浮かべる。

「体調が悪いときくらい安静にしていたいし、むしろ傍にいなくて都合がいいくらいだわ。この隙に作戦を練ることもできるし」

「作戦……ですか?」

「ええ――これ以上はけしてあの人の思い通りにはさせない」

シシリィはトリーを見つめると、覚悟を決めた強い口調で言った。

（あの人は私の大事な人を全て奪うつもり……でも、そうはさせない）

面と向かって告白された彼の恐ろしいほどの嫉妬を思い出すたびに身が竦む。

だが、大切な人たちを守らなければという使命が、シシリィの闘志を支えていた。

（叔父様の率いる先遣隊がアルケミアを発つ日まであと三日。どうにかして阻止しなくては。伏せっている場合じゃない）

シシリィが急く思いで胸の中で呟いたそのときだった。

不意にドアがノックされた。

刹那、胸が太い鼓動を刻む。

「まあ、噂をすればなんとやらかもしれませんわ」

トリーが浮足だって扉のほうへと向かう様を見守りながら、シシリィは複雑な思いに駆られていた。

（ノックをするような人じゃない。あの人のはずがない……解っているのに……）

無意識のうちに期待してしまっている自分に気が付き、幾度となく自分を苛（さいな）んできた子供時代の苦い記憶を思い出してしまう。

こんな風に体調を崩して寝込んでいたとき、親が心配して部屋を訪ねてくることを待ち焦がれていた。

ノックに何度期待したことか。足音や衣擦れの音に何度胸躍らせたことか。

しかし、一度の例外もなく、失望の淵へと突き落とされた。

あのときの失望感を生々しく思い出し、シシリィは手の震えを抑えるべく、両手をきつく握りしめる。

「シシリィ、身体の具合はどうかね？」

果たして、部屋を訪ねてきたのは叔父のメイジス公だった。

トリーに支えられてシシリィはベッドの上でゆっくりと身を起こそうとするが、叔父にそれを止められて再び横たわる。

「ご心配おかけして申し訳ありません……」

「また無理をしているのではないかと気がかりでね――むしろ心配をかけているのは私のほうでないといいのだが」

ベッドの傍の椅子へと腰掛けた叔父の浮かない表情がシシリィの胸を突き刺す。

「叔父様……申し訳ありません。なんとかあの人を説得してみせますから……もう少しお時間をください。まさか、あのように一方的な命令を押しつけてくるなんて……」

「おそらくケルマーを君共々独占しなければ気が済まないのだろうな。それを避けるための結婚だったはずだが――」

「……これでは侵略と変わりません」

「私の見通しも甘かった……赦（ゆる）してほしい。せめて最悪の形での支配は避けられるだろう。譲歩を引き出せるだろうと思ってのことだったのだが……」

「……叔父様は悪くありません……いくら侵略に近いといえども戦争で負けて属国として支配されるよりはずっとよかったはずです。戦争は国も民も疲弊させますから……」

「そう言ってもらえるとありがたい」

苦々しい笑みを浮かべる叔父の手を両手で包み込むように握りしめると、シシリィは頬を擦り寄せて言葉を続けた。

「……いつだっておじさまはケルマーのことを第一に考えてくださっていますもの。私ではなく叔父様がお父様の跡継ぎによほど相応しいのに……いつも影ながら支えてくださって……感謝しています」

「礼には及ばない。兄からも君を支えてやってほしいと託された。当然の義務だ」

「……叔父様」

胸がいっぱいになってシシリィの氷のようなブルーアイに涙が滲む。

いつだって叔父とトリーだけは何一つ期待をしなくとも、それ以上の思いやりをもって接してくれていた。

大事なものは作らないと決めてはいたが、この二人だけは例外だった。

だからこそけして失うわけにはいかない、必ず守ってみせるとの覚悟が改まる。

「あの人はきっと叔父様の影響力を恐れて私から引き離そうとしているのでしょう……このままではいずれトリーも……なんとか説得しなければ……」

「——絶対君主と呼ばれるほどの男が説得に応じるとは思えない」

「でも、それでは一体どうすれば……」

「他にもやりようはある」

一瞬、聞き間違いかと思うほど、叔父の声は恐ろしい響きを帯びていた。

奇妙な違和感にシシリィは息すら詰めて固まってしまう。

王妃の寝室が静まり返り、空気が鉛のように重く感じられ、不快感に眉をひそめる。

気のせいと思おうとしても心身が断固としてそれを拒否する。

「トリー、すまないが、何か飲み物を持ってきてはくれまいか？」

「は、はい、申し訳ありません！　今すぐにお持ちします」

トリーが我に返ると、その場から脱兎のごとく足早に部屋を出ていった。

こういったタイミングの唐突な要望は主に人払いのためのもの。

（でも、なぜ人払いをする必要が？　トリーの前でも話せないようなこと？）

シシリィの胸の内で違和感が肥大していき、心臓が嫌な音をたてて軋む。

やがて、扉が閉まるのを見計らってメイジス公は胸元から何かを取り出すと、シシリィの手へと握らせてきた。

「これを渡しておこう」

「……これ……は？」

手渡されたものは小さな革の袋だった。

感触からして、中には小瓶が入れられいるようだ。

嫌な予感がして、シシリィは咄嗟（とっさ）に小瓶を叔父の手へと戻そうとする。

だが、メイジス公は彼女の手に再びそれを握らせると、聞き耳をたてて部屋の外にも人気（ひとけ）がないことを確認した。

（叔父……様？）

異様な暗雲がシシリィの胸を覆い尽くす。

何か――とてつもなく恐ろしいことが待ち受けている気がする。

今すぐこの場から逃げ出したい衝動に駆られるが、身体が石になったかのようにまったく動かない。

メイジス公は訝しげな表情を浮かべたシシリィへと微笑んでみせると、声をひそめて彼女へと耳打ちしてきた。

「絶対君主の魔手からケルマーを救う薬だ。シシリィ、君にならうまく使えるだろう。初・・・では・な・い・の・だ・し・な」

「……っ⁉」

叔父の意味深な言葉を耳にした瞬間、シシリィは奇妙かつ恐ろしいデジャヴに襲われる。

血の気が引き潮のごとく引いていき、茫然自失となって目を見開く。

（……昔、これと同じことが……何か……）

すぐそこに真実があるのに、見てはならない。気づいてはならないと、シシリィへの全てが訴えかけていた。

それなのに――シシリィは真実の引力に抗えなかった。

何か大事なことを忘れている気がする。否、敢（あ）えて忘れていた気がする。

過去の記憶を遡（さかのぼ）っていくうちに……ついに思い出してしまう。

（……この薬って……まさか……お父様の病気に効くって渡されたあのときの……）

恐ろしい可能性にいきつき全身の血が凍りつく。

単に可能性というだけであってそれ以上でもそれ以下でもない。

そう言い聞かせはするものの、心のどこかはひどく冷静にそれが事実であることを悟ってしまっていた。

（あれは……どんな病気に効くといういわれがあるケルン大寺院の薬だったはずでは……）

シシリィは目で叔父を問い詰める。

だが、メイジス公はそれ以上は何も言わずに部屋を出ていってしまう。

一人部屋に残されたシシリィは、いつまで経ってもその場に固まったまま身動き一つできずにいた。

大きく見開かれたサファイアの瞳は光を失い摩耗したガラス玉と化し、目を縁取る長い睫毛だけが動揺に震えている。

確かに、ケルン大寺院の薬だと伝えて病床の父に渡した。

だが、それを父が飲んだかどうかまでは分からない。

（嘘よ……そんなこと……ありえない……もしも仮に……あの薬がお父様を殺してしまったのならば、それを渡した私に容疑がかかるはず……）

しかし、何者かがその証拠を握りつぶしていればどうだろう？

全ての事情を知る何者かが——

（まさか……叔父様が……）

さらなる恐ろしい考えが、打ちのめされたシシリィへと追い打ちをかけていく。

（そんな……叔父様はいつも私の味方で……私だけの……味方）

そう、叔父は味方だった。いつかなるときでも——

だが、それは裏を返せば、シシリィの敵は彼の敵であるとも言えはしまいか？

「っ!?」

そこまで考えが廻った瞬間、嗚咽が喉を突きあげてきた。

驚愕の表情で目を瞠り口元を両手で覆うが、嗚咽は洩れ出てきてしまう。

必死に打ち消そうとするが、逡巡の末にようやく到達してしまった恐ろしい可能性をそう簡単に否定できるはずがない。

心臓が恐ろしい鼓動を打ち始めて息が詰まる。

苦しくてたまらない。助けを呼ばねばと思うのに嗚咽のほかまともな言葉が出てこない。

（誰……かっ……助け……）

混沌に脳と胸をがむしゃらに掻き回されたような感覚に吐き気が込み上げ、目の前が暗闇に閉ざされたそのときだった。

「シシリィ、どうしたっ⁉」

ひどく懐かしく聞こえる声がした。

ここにいるはずのない人の声――

朦朧とするなか、ついに幻聴が聞こえだしたのだと怖くなる。

だが、そうではなかった。

苦しげに顔をあげて薄目を開いたシシリィの歪んだ視界の中、血相を変えたゼノンが駆け寄ってきた。

「息ができないのか⁉　もう大丈夫だ――落ち着きなさい。深く息をして」

大きな手で丸まった背中を撫でさすられると、いったん闇に覆われたシシリィの視界に再びゆっくりと彩りが戻ってくる。

真っ青になったシシリィは息も絶え絶えになりながら、ゼノンの呼吸に合わせて息を整えていく。

ともすれば再び吐き気と眩暈に襲われ息をすることすら怖くなるが、そのたびに彼が背中をさすってくれてなんとか息を続けることができた。

（大きな……あたたかな手……）

子供の頃、どれだけ欲しいと願っていても得られなかったもの。

切なさに胸が締め付けられ、鼻の付け根が痛む。

やがて、ようやく呼吸が落ち着きはしたものの、シシリィはぐったりと彼の腕の中で身を預け切っていた。

ゼノンは黙ったまま、彼女の背中と頭とを交互に撫で、玉のような汗がびっしりと滲んだ額へと口づけて穏やかな声で言った。

「――心配いらない。過呼吸をおこしただけだ」

「………」

シシリィは目を瞬かせて、いまだ戸惑ったまま視線を宙に頼りなく彷徨わせる。

呼吸は整ったが、まだ胸の動悸と震えは収まりきらない。

弱みなんて誰にも、ことさらゼノンには見せたくないのに、すがるように緋色のマントを力いっぱい握りしめてしまう。

誰よりも深く憎んでいるはずなのに——こうして久しぶりに彼の声を聞くだけで、姿を見るだけで胸がいっぱいになる。

（いつの間に……こんなにも私は……）

今まで気付かなかった強く激しい感情のうねりに呑まれそうになる。

どのくらいそのままでいただろう。

ゼノンは震えが収まらないシシリィを横抱きにすると、バルコニーへと出ていった。

夜のひんやりとした空気の心地よさにシシリィは目を細める。

深呼吸をしてみると、新鮮な空気が胸いっぱいに満ちて、ようやく少しずつ震えが収まってくる。

満天の星空には銀色の輝きを放つ満月が浮かんでいた。

その下に広がる大海原には、月光でできた梯子が揺らいで見える。

幻想的な光景が、完膚なきまでに打ちのめされたシシリィの心を優しく包み込んでいく。

気がつけば、青白い頬に一筋の涙が伝わり落ちていった。

憤りも不安も。心を乱してくるありとあらゆる負の感情がその涙へと溶け込み、浄化されていくような心地がする。

ゼノンはダマスク地のアンティークのカウチソファへと彼女を降ろすと、自身もその隣へと腰かけた。

そして、彼女の細い肩へと手を回し、自分のほうへと優しく抱き寄せる。

「一体何があった？」

その質問にシシリィは我に返る。

手には先ほど叔父から渡された革袋が握りしめられたままであることに気がつくや否や、胸がぎしりと軋んだ。

「……何も……ないわ」

喘ぎ喘ぎそう答えるので精いっぱいだった。

だが、声がこわばりきっていてぎこちない返事であることは自分ですら分かる。ゼノンに気づかれないはずがない。

疑惑のまなざしを感じながら、シシリィは身をかたくする。

（どうしよう……一体どうすれば……）

ようやく掴みかけたかけがえのない思いが砕け、細かい砂となって指の隙間から零れ落ちていくような喪失感に駆られる。

なぜよりにもよってこんな時に自分の本心に気づいてしまったのだろう。

もっと早くに気づいていれば。もしくは永遠に気づかなければよかったのに……。

やはり、自分は宮廷占い師の予言どおり、本当に欲しいものだけはけして手に入れることができない運命なのだろうか？

今こそ仮面をかぶらねばならないときなのに――手のひらに嫌な汗が滲み出てきて、心臓は先ほどよりも鋭い早鐘を打ち続けている。

息をすることすら躊躇する緊迫した空気が二人の間に流れる。

「嘘をつく必要はない。誰が君をこんな目に遭わせたのか、その名を明かすだけでいい。庇う必要はない」

ゼノンがシシリィの顔を覗き込むと、感情を押し殺した声で告げた。

静かな怒りを宿した赤い双眸がサファイアの目を射抜く。

全てを見通しているかのような彼のまなざしと口調にシシリィは息を呑む。

(たぶん……この人は全てを知っている……)

でなければ、これほどまでに絶妙なタイミングで助けに駆けつけてくれるはずがない。

おそらく叔父か自分を部下に見張らせていたのだろう。なにがしかの動きがあった時点で知らせるようにと命令していたに違いない。

彼の謎めいた台詞の数々が腑に落ちる。たった一つの可能性への気づきによって。

(世の中には知るべきでない真実もある。常に真実が正しいとは限らないって……このことだったのね……)

認めたくない。だが、認めざるを得ない。その証はこの手にあるのだから。

薬の小瓶が入った革袋を握りしめる手が震えてしまう。

「シシリィ、何を持っている？　見せなさい」

「――っ⁉」

ゼノンの言葉に凍りつく。

咄嗟に隠そうとしたが、手首を掴まれてしまう。

「なんでもないわ。何も……持ってなんか……嫌っ、やめ……て。おね、がい……駄目！」

力で敵うはずもない。抵抗むなしく革袋を奪われてしまう。

シシリィの胸は絶望一色に塗りつぶされる。

（もう終わりだわ……こんな薬を持っているって知られてしまっては……恐ろしい裏切りだもの……この人が許すはずがない……）

自分に刃向うものには情け容赦ない制裁を加えると噂されるアルケミアの絶対君主。

それは対象が妻であっても変わらないに違いない。ゼノンに恩赦という言葉は似つかわしくない。

一巻の終わりだと目の前が真っ暗になる反面、なぜか安堵するもう一人の自分がいた。

（むしろそのほうがいいのかもしれない……私の恐ろしい罪は罰されてしかるべきもの。いくらあの薬が毒だと知らなかったとしても……けして赦されるべきことではない……）

ゼノンに失望されたくない。

だが、彼に罰せられるなら本望——複雑な感情がせめぎあい、シシリィを追いつめる。

ゼノンが革袋の中身を確かめた。

小さな小瓶の蓋を開けてそれを嗅ぐと押し黙った。無言の非難がシシリィを突き刺す。

長い沈黙の末に、ゼノンは長いため息をついた。

そして、低く呻くような声で呟いた。

「——なるほど。これが君の答えか」

「……っ⁉」

違う！　そうじゃない！　その薬の恐ろしい正体を知ったのはついさっきで……知ったからには使うつもりなんてなかった。

そんな言葉が口をついて出かかるが、それを口にする資格は自分にはないと、シシリィはきつく唇を噛みしめて胸の痛みをこらえる。

今さらどんな言葉を重ねようとも信じてはもらえないだろう。目の前にある事実ほど雄弁なものはない。

そして、事実は人によって異なるもの。ゼノンにとっての事実は自分が叔父と結託して彼を毒殺しようとしたことに他ならない。

達観した表情を浮かべたシシリィは、彼に罰せられる瞬間を静かに待つ。

だが、ゼノンの出した結論は彼女の予想を裏切った。

「それが君の本当の望みならば、喜んで応じよう」

信じがたい言葉を口にすると、ゼノンは小瓶をひと思いに呷ろうとする。

「っ⁉　駄目っ！」

シシリィは驚愕に目を見開くと、弾かれたように小瓶を持つ彼の手を全力ではたいた。

小瓶が宙を舞う様子がゆっくりと見える。

次の瞬間、床に落ちた小瓶は乾いた音をたてて割れた。

甘い果実のむせかえるような香りが辺りへと漂う。

それはやはりシシリィがかつて嗅いだことのある香りだった。

亡き父への見舞いの花束の香りだとばかり思っていたが——その正体は恐るべき毒だったのだ。

「……貴方、一体何を……考えて……っ！」

憤りと安堵とが入り混じり、シシリィは声を震わせながら鋭く叫んだ。眦を釣り上げて、ゼノンを怒りに燃え上がるサファイアの双眸で睨みつける。

「それは私の台詞だ。君は私を憎んでいるのだろう？　殺したいほどに——」

「……それ……は……」

ゼノンは返事に窮して視線をさまよわせるシシリィの顎を掴んで自分のほうを向かせると、挑むようなまなざしで彼女を射抜いてきた。

「………」

何と言ったらいいか分からずシシリィは苦しげに顔をそむけるが、すぐにまた力ずくで彼のほうを向かされてしまう。

「シシリィ、答えなさい──」

「そんなこと、私だって分からないわ！　分からないことをどう答えろというの!?」

執拗に迫ってくる彼に激昂すると、彼の手を振りほどく。

だが、息ができないほど力いっぱい抱きすくめられてしまう。

「……離し、てっ！　私は貴方を裏切ったのよ！　それなのにどうして！」

「分からない。それをどう答えろというのだ？」

わざと同じ台詞を口にすると、ゼノンは彼女の頭を抱え込むようにしてさらに強く彼女を抱きしめた。

「……やめ、な……さい。こんな資格……私には……ないのに……」

「それを決めるのは君ではない。私だ」

鷹揚に微笑むと、ゼノンはシシリィのシルバーブロンドへと顔を埋め、満ち足りた息をついた。

「……すぐに人を呼んで私を牢獄に入れたらいいでしょう!?」

シシリィは彼の腕から逃れようともがくが、ゼノンはけして離そうとしない。

「私の腕と胸が君の牢獄だ。それでは不満か？」

耳元へと熱の籠った声で囁かれた瞬間、シシリィの胸が甘やかに高鳴る。

一瞬、抵抗をやめた彼女を、ゼノンはソファへと押し倒していった。

「ごまかさ……ないで……私は……罪を償わなくてはならないの！　恐ろしい女だって分かっているのでしょう⁉」

シシリィは涙を浮かべて彼を見上げて訴えかける。その表情には深い自責の念と自嘲とが滲んでいた。

「君には償わねばならない罪などない」

「っ⁉　何も……知らないくせに……」

「君のことは全て知っている――君はただ単にあの男に利用されたに過ぎない」

「慰めなんていらないわっ！　いつものように嘲笑えばいいじゃない！　女王だなんだ偉そうなことを言っておきながら、ただの便利な操り人形に過ぎなかったたって……」

彼から逃れるべく上半身を起こそうと力を込めるが、自重をかけられて阻まれる。

足と足の間に膝を割りこまれて身体を固定された瞬間、妖しい昂りが胸を焦がす。

もはや、シシリィは囚われの身。

いくら逃れようとしても、がっしりとしたゼノンの体躯の下でわずかばかり身を捩ることしかできない。

「いい子だから――落ち着きなさい」

駄々をこねる幼子を宥めるように、ゼノンは丁重な手つきで彼女の頭を撫でながら、唇をついばむような優しいキスを何度も繰り返してきた。

「ン……う……ぅ……っ」

甘い感覚が昂ぶりきった気持ちを落ち着かせていく。

代わりに面映ゆい疼きが身体の芯へと滲み出てきて、シシリィに官能の火を灯す。

ようやく完全に抵抗がやんだのを見計らうと、ゼノンは彼女の額へと一度口づけてから、息が触れ合うほどの距離で目と目を合わせて言った。

「君はもはや操り人形ではなかったと、先ほど自ら証明しただろう?」

「あれは……咄嗟に……」

口ごもるシシリィにゼノンは穏やかに微笑みかける。

「そういう瞬間にこそ、仮面は外れ、素顔を知ることができるものだ」

「……私の……素顔……」

「ああ、そうだ。ようやく本当の意味で君の仮面を外すことができた。どれだけこの瞬間を願ったかしれない」

感極まった物言いは、ポーカーフェイスが得意な絶対君主のものとは思えない。

ゼノンが今までに見せたことがない穏やかな満ち足りた微笑みに、シシリィは吸い込まれそうになる。

「間違いなく君は私を愛している――」

「っ⁉」

確信に満ちた口調でそう言われた瞬間、顔が熱くなり頭が真っ白になる。

「違う……わ……そんなはず……ない……のに……」

くるおしい動悸に苛まれ、シシリィは喘ぐように言った。

勝手な決め付けを腹立たしく思い否定しようとするも、言葉に力がこもらない。

これでは彼の言い分を認めたも同然だ。悔しく思うが、どうしても首を左右に振ることができない。

「……愛じゃない……憎しみのはず……なのに」

「ならば、あのまま見殺しにしておけばよかっただろう？」

「……そうはいかないわ」

「それはなぜだ？」

彼の追及にシシリィは声を荒げる。

「っ⁉　誰だってっ！　見殺しになんてできるはずないでしょう⁉」

「殺したいほど憎んでいる相手でも？　それはまた随分なお人好しだな。私を殺すために毒まで手に入れておきながら、いざとなったら怖気づいたか？」

「違うわっ！　まさかあれが毒だったなんて……」

困惑するシシリィに、ようやくゼノンは手の内を明かした。

「ようやくあの男の化けの皮が剥がれたようで何よりだ。尻尾を出す機会を窺っていた。なかなかしぶとくて手こずった。君を操り人形のように利用して権力をふるおうとしたのだろうが、これで野望も潰えた」

あの優しい叔父のことを言っているとはとても思えない。

しかし、認めたくはないが、認めざるを得ない――それが辛い。

耳を塞いでしまいたい衝動に駆られるが、シシリィは胸の痛みを堪えながら、ゼノンの言葉へと耳を傾ける。

「君の父上が急死したと聞いたときもすぐに原因を調べさせた。私の父のときと同じように。王族の『急死』ほど疑わしいものはない」

「……貴方の……お父様も……」

「そうだ。味方の仮面をかぶった敵ほど厄介なものはないからな。損得が絡む身内であるほど疑わしい。見つけ次第根絶やしにしなければ、いずれその毒は国をも滅ぼす」

「…………」

冷酷な絶対君主として恐れられている武勇伝の裏側に、まさかこんな恐ろしい事情が隠されていようとは思いもよらなかった。反国王派のアーリネ族を皆殺しにしたという噂の影にも、こういった類のやむにやまれぬ事情があったのだろう……。

同じ身の上だからこそ分かる。

どんなにか辛かっただろう。

赤の他人ならまだしも、身内を疑い、その裏切りを知ったときの彼の衝撃を思うだけで胸が鋭く痛む。

しかも、さらに自らの手でその罪を裁かねばならなかったなんて――

気がつけば、シシリィは弾(はじ)かれたようにゼノンを力いっぱい抱きしめ返していた。

「……私も……覚悟を決めなくては。貴方と同じように――」

シシリィの声が震えていることに気付いたゼノンは、彼女の背中を勇気づけるように叩くと首を横に振る。

「だから、君は女王には相応(ふさわ)しくないと言ったのだ。君は優しすぎる。だから、そういうことが得意な人間に任せておけばいい」

「……っ⁉」

女王の器ではない――彼の手厳しい言葉の裏にこんな真意が隠されていたなんて。

胸がいっぱいになり、シシリィは涙ながらに彼の胸に顔を埋めた。

「駄目よ……私なんかのために……傷つかないで」

「君のためなら命すら惜しまない男に言う台詞ではないな――」

皮肉めいた笑いを噛み殺すと、ゼノンはシシリィを上向かせ、深く口づけた。

「ン……っふ……ンン……」

シシリィは彼の舌にすがるように自ら舌を差し出すと、本能の赴くままに応じる。

互いの気持ちを確かめ合うような、淫らで情熱的なキスに心おきなく身を委ねる。

ゼノンはシシリィを一糸まとわぬ姿にし、自らも全てをさらけ出してゆく。隠すものなど何一つないとでもいうかのように。

「ようやく本当の意味で君を征服できる時が来たようだな」

ゼノンが感慨深そうな口ぶりで言うと、シシリィの身体の下へ円筒型のクッションを挟み込んで腰を浮かせた。

そして、ほっそりとした足を割り開くと、自らの腰を押しつけていく。

「あ……あ、あぁ……あぁあ……」

熱い肉塊が敏感な粘膜へと触れてきて、シシリィの唇からは上ずりきった声が洩(も)れ出(で)る。

貫かれる予感に身構えるも、ゼノンはそこでいったん動きを止め、彼女の胸へと顔を埋めると頬擦りをした。

まるで甘えてくるような彼の素振りにシシリィの胸はきゅっと締め付けられる。

ゼノンは柔らかな双乳の感覚を存分に味わい終えると、二つの突起へと歯を立てた。

「っ⁉　い、い、た……っ」

かすかな痛みに呻くも、ゼノンは乳首を噛んだまま、舌先を小刻みに動かしてくる。

痛さと愉悦という相反する感覚が互いを強調し合い、シシリィを瞬く間に官能の渦へと呑みこんでいく。

「ン！　あ……あ、や、ンン……」

シシリィは彼の頭を掻き抱くと、大きく喘ぎながら武者震いした。

先ほどまでの恐ろしい緊張から逃れようとしてか、いつも以上に敏感に感じてしまう気がしてならない。

（違う……緊張のせいだけじゃない……）

異様なほどに高揚する心身に戦々恐々としながら、シシリィは朗らかな表情で笑み崩れながら彼を上目使いに見つめた。

熱の込められた視線が絡み合うと、どちらからともなく吸い寄せられるように再び唇を重ね合わせていく。

滑らかな舌が互いを熱烈に欲し合う。

今、二人は己の情欲に素直に従っていた。

これまでの憎しみをぶつけ合うような天の邪鬼な営みとはまるで異なる穏やかな愉悦の渦へと身を委ねていく。

言葉の代わりに、互いの動き一つひとつに本心を確かめ合うようにして、ゆっくりと一つへと融け合う幸せを噛みしめながら――

「あ、あぁ……ゼノン……」

シシリィが夢見るような艶めいた声で彼の名を呼ぶと、すでに濡れそぼった姫洞は彼の半身を歓迎して抱きしめる。

「――っ⁉」

彼の整った顔が一瞬悦楽に歪んだ様を見てとると、無意識のうちに二度三度と締め付けてしまい、そのたびに奥のほうで燻り始めた快感の火種が熱を拡げていく。

「こんなにも素直に君が私を求めてくるのは初めてだな」

ゼノンは、浅い腰使いで肉壺を攪拌したかと思うと、少しずつ角度を変え深い抽送へと転じていく。

肉槍が奥と入口とを一度往復するたびに、シシリィは声ならぬ声をあげてはしどけなく身体をくねらせる。

もはや嬌声を我慢する必要もない。

思いのままに乱れた声を紡ぎだす自由に、シシリィは打ち震える。

「あ、ン……あ、あぁぁ……気持ち……いい。すごく熱くて……深い……あぁ……」

「もっと深く……奥まであげよう」

ゼノンが彼女の片足を肩へと担ぐと、自重をかけて一気に最奥を貫いた。

「っ⁉　きゃ、あ、あぁあああっ！」

シシリィは悲鳴じみたイキ声を上げながら早くも最初の絶頂を迎えてしまう。

びくびくっと腹部を痙攣させながら、恍惚とした表情を浮かべる。

そのあまりにも激しすぎる反応に、ゼノンはいったん腰を引こうとした。

が、深く肉棒を咥えこんだヴァギナがきつく収斂して、淫猥な壁が雄の化身へと張り付くと彼を逃さない。

「奥……あ、や……あぁ……抜か……ない、で。も……っと……激しく……ん、あぁ」

無意識のうちになりふり構わず恥ずかしいおねだりの言葉が口をついて出てきてしまい、シシリィは恥じらいに目を伏せる。

仮面が外れた状態がこれほどまでに無防備なものとは思ってもみなかった。

恥ずかしさのあまりいたたまれなくなる。

だが、そんな思いとは裏腹に、どうしようもなく彼を渇望してしまう自分をもはや抑えきれそうにない。

「今の言葉、よく聞こえなかった。もう一度聞かせなさい」

「――っ⁉」

聞かれていないと思っていたのに。

シシリィは眉をひそめて、慌てて首を横に振る。

「まだ理性が邪魔をするか——しかし、あと一息のようだな」

ゼノンが舌なめずりをしたかと思うと、膣壁の淫らな蠕動運動に抗いながら一心不乱に猛々しい肉槍を穿ち始めた。

「っきゃっ!? あ、あぁあっ! やあ、あぁ! こ、壊れ……て……砕け……そ……ンン、あぁあっ!」

腰が砕けてしまうのではと怖くなるほどのがむしゃらなピストンに、シシリィは我を忘れて身悶え、喘ぎくるう。

最奥を貫かれるたびに、引き攣れた声をあげながら達してしまう。

しかし、何度達してもゼノンの猛攻は一向に衰えを見せない。むしろ、シシリィが達すれば達するほど、嗜虐めいた笑みを浮かべ、さらに腰を激しく打ち付けてくる。

「あぁ、こんなに際限なく……駄目……なの、に。私は罰される……べき……なのに」

罪の意識に苛まれながらも、仮面を失ってしまった以上もはや自分を偽る術はない。

自分の胸を鷲掴みにして、くるおしくのたうつシシリィを陶然と見つめながら、ゼノンはさらに荒々しく肉棒で子宮口を抉り続ける。

数え切れないほどの絶頂の塊が爆ぜ、そのたびに甲高い艶声が夜の静けさを破る。

「罰してほしいというならば、いくらでも私がこうして罰してあげよう。私は君だけの牢獄なのだから——どこにも逃がしはしない」

あまりにもいやらしく甘美な罰にシシリィは完膚無きまでに支配されていく。

「あ、あ、あぁあっ！　も、もう！　駄目っ！　ン、ン、ンンンッ！」

やがて、息も絶え絶えになったシシリィは、悲鳴じみたイキ声をあげると同時に、全身を痙攣させ硬直させた。

乱れ切った息を弾ませながら、ぐったりとソファに身を預けたまま動けずにいる。

ゼノンはそこでようやく動きを止めたかと思うと、深くつながったまま、シシリィの蕩けきった表情を間近で見つめて尋ねた。

「シシリィ、今後君が欲しいと願うものはなんなりと私が与えよう。だから、もう欲しがることを恐れなくてもいい」

「…………」

シシリィはおずおずと頷（うなず）いてみせるも、やはり躊躇（ためら）ってしまう。

長きにわたる呪縛は、彼女の心の奥底まで深く入り組み蝕（むしば）んでいた。

（……怖くなんか……ない……あんな予言なんて……この手で断ち切ってみせる）

シシリィは深呼吸を繰り返すと、ゼノンをすがるように見つめてわななく唇を解いた。

それを見てとったゼノンがもう一度彼女へと尋ねる。

「さあ、シシリィ、今君が一番欲しいものを私に教えなさい」

「……私が、一番……欲しいものは……」

掠れた声を振り絞って、シシリィは一つひとつの言葉を噛みしめるようにゆっくりと、しかし確実に紡ぎだしていく。

(もう、逃げない。目を逸らさない)

シシリィはゼノンを真っ向から見つめ返すと、ついに言い放った。

「ゼノン、貴方よ――私は貴方が欲しい！」

刹那、呪縛の鎖が音をたてて断ち切れ、自由の風がシシリィの胸へと吹き込んできた。

シシリィはそのサファイアの目を大きく見開くと、涙を浮かべてゼノンへと笑み崩れる。

その双眸は今や宝石にも負けない輝きを放ち、強い意志を宿していた。

「もう我慢しなくてもいい。いくらでも求めなさい。君は私の全てを支配する権利がある」

ゼノンは荒々しい息をつきながらそう言うと、シシリィを優しいまなざしで包み込み、想いの丈を込めて半身を深々と最奥へと穿った。

「あ、あ、あぁあああっ！」

シシリィが喜悦の嬌声をあげて、彼を受け入れる。

「ああっ！　お願い……もっと……あ、あぁあ……欲しい、の……あ、あぁああ、ンン、深いの……あ、あぁ……」

腰を抱え込むようにされ、真上から太い衝撃を奥へと刻まれるたびに、赤裸々な欲望が口をついて出てきてしまう。

誰にも何も期待しない。欲さない。

傷つくことを恐れて頑なに拒絶してきた信条が魂ごとぶつかり合うような情熱的な交わりに打ち砕かれていく。

呪縛を解かれ、一度堰をきった本物の願いはとめどなく溢れ続ける。

「っ⁉　あ、貴方が……ゼノン……貴方が欲し……いっ！　も……っと……」

信じがたい絶頂に咽びながら、シシリィは彼の怜悧な顔を両手で包み込むようにして一心不乱にゼノンを欲した。

冴えわたるような月光に包まれながら、二人は迸る情熱に身を委ね全てを忘れて一つに融け合う。

めくるめく官能の高波が自尊心や羞恥心など余計なもの全てを攫っていく。

甘い言葉などいらない。

こうやって互いの渇望を満たしていくだけで、相手の本心が手にとるように分かる。

(この行為が……こんなにも素敵なことだったなんて……知らなかった……)

恥ずべき行為、自尊心を傷つける忌むべき行為としか思えなかったのに。

互いの愛を確かめ合う至福感がシシリィを満たしていた。

恍惚とした微笑みを浮かべながら、シシリィは思うさま引き攣れた嬌声を解き放つ。

「――あ、あ、あぁっ！　も、もう……だ、駄目……あ、あ、あぁぁあっ！」

喉が嗄れんばかりに鋭く叫んだ瞬間、下腹部が激しく痙攣し、それが四肢へと一気に拡がっていった。

秘所が収斂し、ざらついた膣壁がゼノンを貪欲に欲して半身をきつく絞りあげる。

「っく――」

低く呻くと、ゼノンは彼女の腰を持ち上げ、肉槍で果敢に最奥を突きあげた。

先端が子宮口へと食い込むと同時に、灼熱の白濁が勢いよく迸り出て、さらなる奥を目指していく。

身体の奥深くで何度も力強く跳ね、精液を一滴残らず注ぎ込もうとする彼の化身を感じながら、シシリィは満ち足りきった表情で目を細めた。

確かに今、彼と一つにつながっている。融け合っているという実感が、今まで彼女を苛んできた渇望を温かいもので満たしていった。

「……ああ、何も欲しがらない……期待しないって決めていた……のに」

「自分の運命は自分の手で掴みとるものだ。いくら傷つこうとも諦めさえしなければ必ず手にいれることができる」

ゼノンの言葉を身を以って思い知ったシシリィは涙ながらに頷いてみせる。

「そうね……貴方はどれだけ私が拒絶しても、けして諦めなかったもの……」

「君をどうしても独占したくてね――」

シシリィをまっすぐ見つめると、ゼノンは彼女の唇を再び優しく奪った。

「あんなにも……憎ませておいて……こんなの……ずるいわ……」

「憎しみは裏返せば愛となる」

「っ⁉　まさか、その……ために……わざと？」

「……さあ？」

驚くシシリィの質問には答えず、ゼノンはミステリアスな微笑みを浮かべたまま、いつものように彼女をはぐらかしにかかる。

唖然とした表情を浮かべた彼女の愛らしい秀でた額やこめかみへと甘やかなキスの雨を降らしていく。

（全部が全部……最初からしくまれていたなんて……）

ゼノンの策士ぶりにシシリィは呆れるのを通り越して、尊敬の念すら覚える。

こんな恐ろしい人を相手にまともに交渉なんてできるはずもなかったのだ。

彼に負けじと対抗心を燃やしていたかつての自分が滑稽にすら思えてくる。

「ひねくれすぎだわ……」

ゼノンは、憮然として顔をしかめ、唇を尖らせる妻に肩を竦めてみせると、耳元へと口を近づけて意地悪な口調で囁いた。

「君にだけは言われたくない。私たちはとてもよく似た同志だ――」

「失礼ね。私は貴方ほどひねくれてはいないわ」

「その言葉、そのまま君へと返そう」

気の置けない会話を交わしながら、再びどちらからともなく深いキスへと溺れていく。

全てを曝け出せる唯一無二の存在であることを何度も確かめ合うべく、二人の身体は淫らに甘やかに絡み合っていく。

そう、まるで今まで苛烈なまでに憎み合ってきた分を埋め合わせていくかのように――。

# エピローグ

「……叔父様……ごめんなさい」

シシリィはメイジス公率いる先遣隊がアルケミアの王城を出立する様子をバルコニーからひそかに見送っていた。

出立前に何度か面会を望まれたが、全て体調不良を理由に断り続けた。

恩を仇で返すようで申し訳ないとは思いつつも、顔を突き合わせてしまえばどうなってしまうか……怖くてならなかった。

真実が常に正しいとは限らない。知らないほうがいい真実もある。

思い出は極力美しいままに――しかし、叔父とは距離を置くことを選んだのだ。

胸を針で突き刺されるかのような痛みをこらえながらも、毒薬を手渡してきたときの叔父の恐ろしい顔を思い出すたびに、この選択こそが正しかったのだと思う。

だが、いくらそう思えたとしても、気持ちが晴れることはなさそうだった。ずっと頼りにしてきた存在をそう簡単に切り捨てるなんてことは、当分の間できそうもない。

傀儡ではなく、自分自身の手で未来のために取捨選択をするということが、これほどの痛みを伴うものとは知らなかった。

しかし、何よりも大切な人たちを今後守っていくためにはこうするよりほかはないのだ。

もう二度とあのような過ちを起こさないためにも――。

父王のことを思い出してシシリィが浮かない表情で深いため息をついたそのときだった。

「シシリィ様！　こんなところにいらしたのですか!?　お身体を冷やしては駄目ですよ！　さっ、早くお部屋にお戻りください」

「トリー……」

「叔父様を見送ってらしたんですね」

「ええ……」

「大丈夫、何も心配いりませんよ！　すぐに戦功をあげて戻っていらっしゃいますから！　そのときまでにはきっと体調も元通りになっているでしょうし。どんな風にお祝いするか考えましょう！」

「……そ、そう……ね」

やはりいつものようにどこまでも前のめり気味に前向きなトリーの言葉に、シシリィの沈んだ表情が和らぐ。

「トリーを少しは見習わないとね。私はどうも悪いほうへと考えてしまいがちだから」

「さすがに私も戦争となれば話が別です。ですが、この戦争は勝利が約束されたものだそうですから！　何も心配はいりません！」

トリーの自信に満ちた能天気な言葉にシシリィは首を傾げる。

「勝利が約束されている？　それってどういう意味？」

「えっと、それはその……やっぱり愛が勝つ的みたいな？」

「………」

断言するからには根拠があるのが普通だが、トリーにそれを求めた自分が愚かだったとシシリィは苦笑する。

だが、そのときだった。

背後から、別な人物の声が彼女の質問へと答えた。

「ゼノン様にとって戦争は外交手段の一つでしかありません。血を血であらうような戦いにはけしてなりえませんので。ご安心いただきたい。そういう意味です」

「……っ⁉」

振り返って声がしたほうを見ると、トリーの代わりに答えたのはサイラスだった。

いつの間にバルコニーへとやってきたのだろう⁉

驚き警戒するシシリィたちだが、彼はそんなことは一向に意に介していない様子で二人のほうへと歩いてきた。

「あの方の外交手段がどういった類のものかはシシリィ様もよくご存じのはず――」

サイラスは相変わらずの仏頂面のまま淡々とした口調でとんでもないことを口にした。

「っ⁉」

シシリィの白い頰が淡く色づく様子を目にしても、彼はにこりともしない。

「えっと……どのような手段なのですか？　シシリィ様？」

何も知らないトリーだけがきょとんと首を傾げながら尋ねてくる。

「っ⁉　トリーは知らなくていいの！　まだ早いから！」

心臓がドクドクと太い鼓動を刻み始め、シシリィは慌てふためくとサイラスを目で窘める。

まだ早いもなにもトリーのほうが年上なのだが、そんなことは全て頭から吹き飛んでしまうほどシシリィは動揺していた。

なんせサイラスは常に無表情で何を考えているか分かったものではない。今みたいに、想像もしなかったような言葉をさらりと口にしては度肝を抜かれることも多い。

（飼い主とペットは似るってよく言うけれど、主と側近も似るものなのかしら？）

そうだとしたら、シシリィとトリーも似た者同士ということになるのだが――その点は都合よく頭の中から追い出して、シシリィはサイラスがあまり変なことを言い出しませんようにと祈る。おそらくそういったことには疎いはずの彼女には……ゼノンの交渉術はあまりにも刺激的すぎる……。

シシリィの心配をよそに、サイラスは無表情のまま二人の手をとってバルコニーから部屋の中へと導いていく。

（……あんな強引なやり方……交渉と呼べたものではないわ……脅しか征服じゃない）

ゼノンとの交渉を思い出すだけで、いまだに胸がざわつき、妙な心地になる。

しかし、あの交渉を国相手に行うというのはどういう意味なのだろう？

（もしかして……私にしたようなことを……他の人にもするということ⁉）

独り身だったときならまだしも、妻を迎えた身であのような不埒な交渉を行うつもりだとしたら——それはいかなる大義名分があったとしても赦せることではない。

（久しぶりに夫婦喧嘩をする必要があるかしら？）

シシリィが悶々としながら部屋に戻ったそのときだった。

ゼノンに出迎えられ、胸がどくんっと高鳴った。

「シシリィ、気分はどうだ？」

「……最悪よ。いろんな意味でね」

「それはよくないな——」

「誰のせいだと思っているの……まったく……不公平だわ」

「代われるなら代わってあげたいほどなのだが」

「口だけならばなんとでも言えるわよね」

ゼノンは唇を尖らせて目を細めるシシリィを宥めるように頭を撫でてから、その手を彼女の腹部へとあてがって穏やかに微笑んだ。

その満ち足りた横顔にシシリィは見入ってしまう。

（ずるいわ……こんな無防備な表情……）

胸が甘く締め付けられ、思わず彼を力いっぱい抱きしめたい衝動に駆られる。

こんな些細なことでそんな衝動に襲われるなどたまったものではないと、胸の内で毒づきながらも、つい笑みを誘われる。

新しい命を宿してからというもの、気のせいかもしれないがどうも母性本能が強くなっているような気がしてならない。まさか傲岸不遜な絶対君主に母性を駆り立てられる日がくるなんて思いもよらなかった。

ゼノンが不意に見せる素顔の一つひとつに心奪われる瞬間が日を追うごとに増していた。

それもこれもきっと、彼と自分の橋渡しとなるお腹の子供のおかげだろう。

シシリィは苦笑しながらも彼の手に自分の手を重ねて、小さな命へと感謝した。

もう自分一人の身体ではない。

ゼノンの妻であり、お腹の子供の母でもある。

守るべきものができると、こんなにも人は変われるものなのだ。

心を鬼にして叔父との訣別を選ぶことができたのも、大切な存在を守らねばという使命感によるところが大きい。

　過去の自分へと訣別し、新たな一歩を踏み出す勇気を与えてくれた存在をいとおしくかけがえのないものに思う。

「男の子か、女の子か――楽しみだな。君の予想ではどちらだ？」

「女の子がいいわ。貴方似の男の子だなんて……想像しただけでも恐ろしいもの。暴君は一人だけで十分よ」

　シシリィがため息交じりに言うと、ゼノンは片眉をあげて彼女の毒舌に応酬する。

「――君似の女の子もさぞかし手が焼けそうだが？」

「あら、それはどういう意味かしら？」

「それは君が一番よく知っているだろう？」

　笑いを噛みころしてみせるゼノンをシシリィは甘く上目使いに睨みつける。

「まあ、正直なところ男でも女でもどちらでもいい。無事に産まれてきてくれさえすれば」

「そうね」

　じきに誕生してくる我が子へと思いを馳せながら、二人は笑い合う。

「しかし、もしも女の子ならば、君の次くらいに甘やかしてしまいそうだな」

「駄目よ。ある程度は厳しくしないと」

　シシリィが窘めたそのときだった。

ふとゼノンが真顔になると、真剣な声色で言った。

「この子のためにも急いで戦争を終え、統一を急がねばな――」

「……それだけど……トリーが言っていたけれど『約束された勝利』って何？　どんな外交手段をとるつもりなの？　まさか……私にしかけてきたような交渉を他の人たちにもするということじゃないでしょうね？」

半目で疑わしそうな目線を投げかけてくるシシリィにゼノンはひきつった笑いを浮かべてみせた。

「待ちたまえ――女王は君だけだ。老いさばらえた国王共を相手に何を想像した？」

「さあ？　そ・う・い・う趣味がある人も珍しくはないと聞くし」

いたずらっぽく肩をすくめてみせるシシリィにゼノンは苦笑する。

「血を極力流さない戦い方はいくらでもある。その腕前は君もよく知っているはずだが」

「…………」

サイラスと同じことを言われ、シシリィは呆れてしまうが、彼の自信に満ちた言葉に戦争に漠然と抱いていた不安が払拭される。

欲しいものを全て手に入れてきたゼノンならばきっと勝利を掴んでくるに違いない。

「もう……男の人って……困ったものね。単純というか何というか……そういうことを得意そうに言わないで」

「女性も国も基本は同じやり方で征服できる。君を安心させるためにも、久しぶりに思い出させてあげよう」

ゼノンが得意そうに言うと、シシリィの耳元へと囁いて耳を甘噛みした。

「駄目よ……我慢しないと……」

「やりようによるだろう？ 愛の確かめ方はそれこそ無数にある」

細い首筋へと唇の痕を残すと、その場へと跪いていく。

「……駄目ったら駄目！ 胎教に良くないし今は大事な時期なんだから。我慢して！」

「ふむ……」

シシリィの言葉にゼノンは途中で手を止めた。

少し前の彼ならこうはならなかったはず――

力ずくでも自分の欲望を通したに違いない。

意外な彼の変化にシシリィは声をたてて笑ってしまう。

「何を笑っている？」

「……いいえ、なんだか……可愛いなって思って……」

「お腹の子は可愛いだろう？」

「私が言っているのは貴方のことよ。ゼノン」

シシリィが目尻に涙を浮かべながら言うと、ゼノンは納得できないといった風に首を横に振りながら渋面を浮かべる。

だが、そんな彼の様子が余計シシリィの笑いを誘う。

シシリィが彼の頭をわしわしと撫でてみせると、ゼノンは肩を竦めて言った。

「……絶対君主を可愛い呼ばわりとは。私にそんな口をきけるのは君だけだな。部下たちに見られたら幻滅されそうだが」

「ええ、でももう手遅れかも」

サイラスのほうを見てシシリィが言うと、ゼノンは目で人祓いの合図をして彼を退出させようとした。

が、サイラスはやはり仏頂面のまま、主の命令を無視してその場に居続ける。

どうやら幻滅はしていないようだ。

ゼノンとシシリィはソファへと寄り添うように腰掛けた。

ゼノンが身体を横たえるとシシリィの膝へと頭をのせ、エンパイアラインのドレス越しに我が子を撫でる。

シシリィは彼の赤い髪を指で梳きながら言った。

「この子が生まれてきたら、一緒にしたいことがたくさんあるの。してあげたいことも……たくさん……」

「忘れないように全て書き留めておきなさい。協力しよう」

「ええ、お願いね。約束よ」

二人の小指が仲睦まじく絡み合う。

ずっと自分が望んで得られなかったことを生まれてくる子にはたくさんしてあげよう。

ひそかな決意を胸にシシリィは過去の自分へと思いを馳せ、ゼノンと我が子と共にこれから築き上げていく未来へと思いを馳せる。

ずっと欲しかったものをついに手に入れることができた。

否、それ以上の幸せを手に入れることができた。

そんな満ち足りた幸せをしみじみと噛みしめながら——。

## あとがき

みかづきです。今回はツン王女とドS国王です！　私は男性向けのラノベも書くので、というかそちらでデビューしたこともあり、女の子も可愛くなくちゃ！がモットーであって、ヒロインもヒーローにも萌えながら書かせていただきました！

ツンヒロインはちょっと……という編集部もありまして、書きたいのになあと思いつつ書けずにいっところ、「むしろそれでいきましょう！」と言ってくださった編集さんのなんと頼もしかったこと！　ものすごくうれしかったです♪

もろもろ環境が変わってから、企画から出版までのまるっと一冊手がけたのはこれが実は初めてでして。それもあって、絶妙な修正指示、スケジュール調整など本当にとても助けてもらいました。小説は一人でつくるものではないのだなあとしみじみ。相変わらずのＣｉｅｌ先生の美麗イラストにも本当に妄想を刺激されまくりで助けられました。感謝でいっぱいです！

一人でも多くの方に読んでいただければ幸いです！　ヒロインはかわいく！　ヒーローはかっこよく！　が、お好きな方にぜひ！　勧めていただければと思います♪

ただゼノンが絶対君主とのことでがっつきまくっていて制御するのに大変でしたが……。もうちょっとゆっくり、優しく……どうどう（暴れ馬を宥めるように）……と思う作者に反抗しまくってひたすらガンガンいくタイプになってしまいました。

　基本的にドS紳士が好みなのですが、なんかいつも以上にガンガンいくなあと……。

　何がガンガンかはお察しください……続きは本文で！　もろもろガンガンです（笑）。さすがは絶対君主！

　いやもう、シシリィが壊れちゃうんじゃないかってひやひやでした……。それとなんでかやたら裸にしたがるんですよね！　書きながら、「なぜに⁉　着衣もいいのにっ！　脱るな！」と何度も叱ったんですが聞く耳もたず。さすがは絶対……（略。

　まあ、そんなこんなでガンガンされちゃうシシリィですが、結構、彼女も華奢でか弱そうな割にはタフだなあ……なんて他人ごと。いやいや、愛あるからこその鞭です！　けして私がゼノン同様ドSというわけでは……。ただ、ツンツンでまっすぐすぎるほどまっすぐ、なのに脆いとこもある彼女はもろもろいじりがいがあるんですよねー（S疑惑消えず）。

　ゼノンもわりと可愛い一面もあったりして。この二人はかなりのお気に入りです♪　親バカですみません！　ですが、読んでくださった方にも気に入っていただければうれしいです♪

　これからも煩悩にひたすら忠実にドキドキしてもらえるような小説を書いていけたらと思います。お付き合いいただければ幸いです。

　ええもう、本当に煩悩の数だけには自信があるもので……。除夜の鐘の一〇八つ以上あるんじゃないだろうかってくらい……。

まあそれが仕事に役立っているのでいいのですが、一歩間違えればアブナイ人だったかもしれません。

萌え心が敏感ということは、その分ちょっとしたことがやたらウキウキする毎日でもあり、それはそれで幸せでご機嫌なことかなあとも思います。妄想は人生をハッピーにするってあながち間違いじゃないと思います。そういった自己啓発本もいつか書けたら……。

ちなみに、直近の萌えは「トレンチコートを着た男性」でした。駅で電車を待つときに見かけたトレンチ紳士！　紳士なんて日本にはそういないと分かってはいながらも、脳内で紳士化して楽しかったです♪　もちろんドSです。トレンチコートいいですよねえ。スーツにも負けない魅力が……フフフ。いやあ、もろもろ捗る捗る。

そういう煩悩のあれこれを駄々漏らすべくブログの更新頻度をあげようかなーとも考えています。が、小説のネタにとっておいたほうがいいのかなあと思いつつも、同志の煩悩を知りたくもあり。期待半分にそちらもチェックしていただければ幸いです。

それではブログや次の一冊でもお会いできますように♪

もう一〇〇冊以上書いてきましたが、まだまだ書きたいことがたくさんあります。

みかづき紅月

蜜猫文庫をお買い上げいただきありがとうございます。
この作品を読んでのご意見・ご感想をお聞かせください。
あて先は下記の通りです。

〒102-0072　東京都千代田区飯田橋 2-7-3
(株)竹書房　蜜猫文庫編集部
みかづき紅月先生 /Ciel 先生

# 絶対君主の独占愛
## ～仮面に隠された蜜戯～

2015 年 2 月 28 日　初版第 1 刷発行
著　者　みかづき紅月 
発行者　後藤明信
発行所　株式会社竹書房
〒102-0072 東京都千代田区飯田橋 2-7-3
電話　03(3264)1576(代表)
03(3234)6245(編集部)
振替　00170-2-179210
デザイン　antenna
印刷所　凸版印刷株式会社



Printed in JAPAN
ISBN978-4-8019-0185-8　C0193

石油王の略奪
愛執の檻

みかづき紅月
Illustration Ciel

君を穢していいのは俺だけだ

「初めてでこんなに淫らに狂うなんて。教え甲斐があるというものだ」政略結婚を前に初恋の相手であるクライヴと再会したティナ。彼は自分を待たずに婚約したティナを責め、婚約会場の片隅でティナの身体を強引に奪う。巨額の富を持つ石油王となっていたクライヴは、大胆不敵な方法でティナを城から誘拐。片時も離さず、淫らな行為を教え込む。抵抗しつつも愛する人に抱かれる悦びに震えながら、皇女の義務を忘れられないティナは──!?

## おまえのそんな表情を見るのがたまらなく好きだ

義兄である王子、シグナスに溺愛されて育ったヴィナス。留学から帰ったシグナスは美しく成長した彼女が誘惑されるのを恐れ、彼女の首と陰部に鈴をつけてしまう。「嫌じゃないだろ?嫌だったらそんな顔はしないはずだ」心から慕う美しい義兄に淫らに触れられ、彼女は悦楽に溺れる。しかしシグナスとヴィナスには別々の縁談があった。義兄と距離をとろうとした時、嫉妬に狂ったシグナスに押さえつけられて一線を越えてしまい——!?

すずね凛
Illustration なま

# 皇帝陛下の溺愛婚

獅子は子猫を甘やかす

**もう待たない。お前は
もはや私のものだから。**

幼い頃から憧れていた美しく凛々しい皇帝レオポルドに見初められ、側室に召し上げられたシャトレーヌ。獅子皇帝と呼ばれ気性が荒いことで有名な皇帝は年より幼く見える彼女を、マ・シャトン（私の子猫）と呼んで舐めるように溺愛する。「これで――お前はほんとうに私のものだ」逞しい彼に真っ白な身体を開かれ、毎日のように愛されて覚える最高の悦び。さらにレオポルドはシャトレーヌを唯一人の正妃にすると言いだして――!?